EMBRASSEZ-MOI

COMTÉ DE BRIDGEWATER - LIVRE 6

VANESSA VALE

Copyright © 2017 par Vanessa Vale

Ceci est une œuvre de fiction. Les noms, les personnages, les lieux et les événements sont les produits de l'imagination de l'auteur et utilisés de manière fictive. Toute ressemblance avec des personnes réelles, vivantes ou décédées, entreprises, sociétés, événements ou lieux ne serait qu'une pure coïncidence.

Tous droits réservés.

Aucune partie de ce livre ne peut être reproduite sous quelque forme ou par quelque moyen électronique ou mécanique que ce soit, y compris les systèmes de stockage et de recherche d'information, sans l'autorisation écrite de l'auteur, sauf pour l'utilisation de citations brèves dans une critique du livre.

Conception de la couverture : Bridger Media

Création graphique : Period Images; Deposit Photos: Veneratio

1

 VERY

« Ce n'est pas exactement ce que je voulais dire quand j'ai dit que je partagerais votre chambre d'hôtel. » Ma voix était à bout de souffle et pleine de rire. Ce n'était peut-être pas ce que j'avais prévu, mais je ne m'en serais certainement pas plainte. Les vols annulés étaient pénibles, mais je passerais volontiers la nuit dans un hôtel d'aéroport si c'était ma récompense.

Ma tête retomba en arrière alors que je haletais. Les lèvres de Jackson se posèrent sur mon cou, suçant et léchant alors qu'il avançait ses hanches vers moi. Je ne pouvais pas manquer de sentir sa grosse queue alors qu'il me plaquait entre son corps musclé et la porte de la chambre d'hôtel. Mes jambes s'enroulèrent autour de sa taille et une de ses larges mains se posa sur mon cul. Et le palpa.

Bon sang, oui.

Jackson leva la tête en souriant. Il avait toujours la même apparence juvénile qu'il avait au lycée quand il était la star de l'équipe de base-ball de Bridgewater High. Il m'avait à peine remarqué à l'époque, mais maintenant...

Bon sang, maintenant j'avais toute son attention. Mes tétons aussi. Et ma chatte.

« Es-tu en train de me dire que tu préfères dormir dans l'aéroport et attendre le vol du matin pour rentrer à la maison ?, » demanda-t-il, d'une voix qui sonnait comme un rugissement caverneux contre mon cou.

Je secouai la tête alors que de sa main libre, il caressait ma poitrine à travers mon chemisier. Mes yeux se fermèrent et j'essayai de lui répondre alors qu'il passait son pouce sur mon téton. « En fait... euh, Dieu merci pour les coïncidences, les tempêtes de neige et les hôtels surbookés »

Le pincement des doigts de Jackson sur mon téton me fit ouvrir les yeux, un cri s'échappant de mes lèvres. Ma culotte ? Complètement trempée.

Son sourire—et il était magnifique—me faisait chavirer.

Putain de merde, j'étais en train d'embrasser Jackson Wray. Dans une chambre d'hôtel de l'aéroport de Minneapolis. Comment était-ce arrivé ? Le destin ?

Il entoura mes hanches de ses mains, frottant sa queue déjà raide contre moi et je me mordis la lèvre pour étouffer un gémissement. « C'est bien »

Sa bouche était de retour sur la mienne, sa langue mêlée à la mienne, sa courte barbe douce était un peu chatouilleuse. Ses mains se posèrent sur le bas de ma chemise, trouvèrent la peau nue en-dessous et se glissèrent pour caresser mes seins. Il y avait peut-être du tissu et de la dentelle délicate entre ses paumes calleuses et mes tétons durcis, mais cela ne m'empêcha pas de répondre par un gémissement.

« Oui, » je gémis. Il découvrirait rapidement à quel point ils étaient sensibles. S'il continuait, il me ferait jouir. J'y étais presque et nous avions toujours nos vêtements.

« Je pensais que c'était moi qui étais obsédé par les seins. » La voix grave venait de derrière Jackson.

Je me reculais pour regarder par-dessus son épaule.

Dash McPherson. Comment avais-je oublié qu'il

était là ? Ah oui, les baisers de Jackson qui me faisaient perdre la tête et ses doigts qui pinçaient mes tétons.

Avec un regard chaud bouillant et cette fichue fossette qui apparaissait quand il souriait, Dash était encore plus beau maintenant que lors de ses dix-sept ans. Les deux étaient canons. Les cheveux bruns de Dash étaient un peu trop longs, ce qui rendait ses traits ciselés légèrement moins intimidants, mais à peine. Et ce sourire. Rusé et alléchant à la fois. Ce regard concentré, noir de désir... faisait encore trembler mon corps, surtout depuis qu'il était dirigé droit vers moi.

Peut-être que Jackson pouvait ressentir ma réaction parce que ses bras se serrèrent autour de moi et il me souleva loin de la porte, me fit tourner sur moi-même et me reposa entre eux deux. « Je disais juste à Avery qu'elle était gentille de nous permettre de prendre soin d'elle ce soir »

Dash se mit à rire. « Comme si nous allions te laisser dormir dans l'aéroport. Non seulement ce n'est pas sûr, mais extrêmement inconfortable »

Je pinçai les lèvres. « Je ne peux même pas compter le nombre de fois où ça a été le cas. Avec mon travail, je vis pratiquement dans les aéroports »

Dash croisa les bras sur sa large poitrine, tendant le tissu de sa chemise à manches longues. Les mains de Jackson se posèrent sur mes épaules et il se pencha derrière moi, m'embrassa juste derrière mon oreille. Je frissonnais - mais pas de froid. « Et le nombre de fois où tu as dû partager une chambre avec deux hommes ? »

J'entendis un soupçon de colère, mais qui n'était pas dirigé contre moi. Il montrait son côté possessif. Je ne l'avais pas vu depuis des années et tout d'un coup, il était redevenu un mâle alpha. En fait, pas tout d'un coup. J'avais entendu dire qu'ils étaient tous deux vétérinaires et qu'ils dirigeaient leur propre clinique pour animaux en ville.

Ils étaient intelligents et magnifiques. C'était comme ça que je me souvenais d'eux depuis le lycée. Mais ils étaient plus âgés maintenant. Dash semblait vraiment possessif. A un point tel que cela faisait vibrer mon clitoris.

« Vous n'êtes pas juste deux hommes, leur répondis-je. Ça fait longtemps, mais je vous connais les gars. Nous sommes allés au lycée ensemble »

Dash a simplement continué à m'observer, les sourcils noirs arqués.

« Vous êtes très possessifs, ajoutai-je, en énonçant une évidence.

– Poupée, tu ne sais même pas à quel point, » répondit-il en s'approchant et faisant glisser mes cheveux en arrière. Ils étaient en pagaille et ils ne restaient pas en place, même avec une queue de cheval. « Que nous fassions quelque chose ou pas ce soir, que tu nous laisses te déshabiller et te faire jouir, tu ne dors pas dans ce foutu aéroport. Nous avons terminé notre conférence et nous te ramenons à la maison «

Alors que nous étions coincés dans le Minnesota pour la nuit, nous rentrions tous à Bridgewater. Je les avais retrouvés à la porte d'embarquement, nous trois dans le même avion. Le vol annulé.

J'étais peut-être née et avais grandi dans la petite ville du Montana, mais j'étais partie à l'université et y étais rarement retournée. Pas avec une famille folle comme la mienne. Mais le mariage de ma sœur n'était pas quelque chose que je pouvais éviter, alors j'étais ici. Presque de retour à Bridgewater. Pas à la maison. Dash et Jackson considéraient Bridgewater comme leur maison, mais pas moi. Je n'avais pas vraiment de maison. J'étais tout le temps en voyage à cause de mon travail et avait récemment élu domicile au Mexique. En tant que journaliste, je n'avais pas de racine, et surtout pas à Bridgewater.

Le vol annulé était un sursis. Un contretemps dans le voyage de retour chez mes parents qui se disputaient en permanence. Autant de raisons qui ne me donnaient pas envie de rentrer. Bien que ce soit le mois décembre et que Noël soit dans deux semaines, ma famille ne ressemblait pas à un tableau de Norman Rockwell. Je savais que mes parents n'auraient ni arbre ni décorations. Ils ne s'en souciaient pas. Ils ne prenaient pas la peine de s'entendre.

« Je ne passerai pas la nuit à l'aéroport. Je ne vais pas refuser votre hospitalité. En plus, Jackson a sa main dans ma chemise et je pense qu'il m'a laissé un suçon dans le cou, » murmurai-je en tirant sur mon col. « Je pense que les chances sont plutôt de ton côté ce soir »

Une soirée sauvage avec deux garçons pour lesquels j'avais eu le béguin au lycée. Et à en juger par ce qu'ils étaient devenus, ce n'était plus des garçons. Non, à vingt-sept ans, ils étaient devenus des hommes. Grands, larges d'épaules. Musclés. Non, taillés.

Je les voulais, je voulais sentir leur poids sur moi, me tenir à la tête de lit alors qu'ils me prenaient par derrière. Tout en léchant mes seins. Avec des doigts dans ma chatte. Et qu'ils la lèchent.

Je n'étais pas vierge et je n'allais pas prétendre le contraire. J'avais connu des hommes. Des hommes que j'avais rencontrés, lors de mes voyages pour le travail. Des hommes qui ne signifiaient rien de plus pour moi qu'un bref orgasme. Après avoir vu mes parents se disputer toute mon enfance, je ne savais pas à quoi pouvait bien ressembler une vraie relation. Si c'était quelque chose comme la leur, cela n'avait aucun intérêt. C'est pourquoi j'appréciais le côté physique, mais c'était tout. Aucune attache. Pas de relations.

Le mariage de mes parents était complètement anormal pour Bridgewater. Presque tous les mariages étaient solides, les maris étaient possessifs et très protecteurs envers leur femme. Affectueux. Amoureux. Mon père n'était rien de tout cela. Bon sang, il avait eu toute une tripotée de maîtresses et ma mère avait veillé à ce qu'elle ne soit pas seule. Pourquoi ils étaient restés ensemble après presque trente ans, je n'en avais aucune idée, mais c'était comme regarder un accident de voiture, des objets éparpillés partout, des gens blessés et aucun moyen de leur porter secours. J'étais fatiguée d'être utilisée comme un outil pour alimenter leurs disputes. C'est pourquoi j'étais restée à l'écart. L'été dernier, je m'y étais arrêtée pour un week-end entre deux voyages en Alaska et les Keys, en Floride, mais j'avais passé plus de temps avec tante Louise que quiconque.

Et maintenant je rentrais à Bridgewater. Je redoutais chaque minute, en particulier la robe de demoiselle d'honneur vert émeraude que je porterais. Ma mère m'avait envoyée une photo alors que j'étais au Mexique. Peut-être que cette nuit était un sursis, un sursis avec deux hommes magnifiques qui, je l'espérais, seraient très bientôt nus. Une nuit dont je me souviendrais quand je serais allongée dans mon lit en écoutant mes parents se disputer. Je ne doutais pas que Jackson et Dash seraient au centre de mes préoccupations alors que je me caresserais avec mon vibromasseur pendant des mois, voire des années, à venir.

Les vibromasseurs n'ont pas de relation et ne parlent pas. Et ce n'était pas moi qui étais lésée.

« Veinarde ? » me demanda Jackson, les mains sur mes épaules, me poussant du coude plus près du lit. Ses pouces pressèrent doucement dans mon dos. « Heureusement que je t'ai trouvée à la porte d'embarquement. Et maintenant nous avons la chance de passer la nuit avec toi.

– Nous allons voyager avec toi à Bridgewater, » a ajouté Dash. Il retira sa veste en polaire. Il faisait très froid, bien en dessous de zéro et la neige soufflait abondamment en tombant sur la vitre de la fenêtre et pourtant il ne portait rien de plus épais.

« En ce qui concerne ce que nous allons te faire, la chance n'a rien à y voir. » Le sourire arrogant de Jackson réapparut et allait très bien avec sa barbe. Alors que ses cheveux étaient bruns comme ceux de

Dash, ils étaient cependant un peu plus clairs. J'en avais senti la douceur quand il m'embrassait et je me demandais ce que ça ferait... dans d'autres endroits. Comme entre mes cuisses. Emmêlés dans mes doigts alors qu'il me ferait jouir. Et je savais qu'il serait capable de le faire. Dash aussi.

Je n'avais jamais couché avec un gars de Bridgewater, encore moins deux. Mais si j'y allais, et j'y étais déjà semblait-il... Jackson et Dash étaient définitivement l'objet de mes fantasmes et je savais que ce soir allait être extraordinaire. Nous n'avions nulle part où aller jusqu'à ce que la tempête de neige se dissipe et que les vols reprennent. Il n'y avait pas d'autres chambres d'hôtel - c'est pourquoi ils m'avaient proposée de partager la leur.

« Que fais-tu à Minneapolis ? Qu'est-ce qui t'a amené à l'aéroport ? » ai-je demandé en souriant. Nous n'avions pas beaucoup parlé depuis notre arrivée à l'hôtel où nous avions pu avoir une chambre.

« Conférence de vétérinaires, déclara Jackson.

– C'est vrai ?, répondis-je, en discutant légèrement alors même que je les baisais avec mes yeux. Vous avez ouvert une clinique en ville, n'est-ce pas? »

Je me souvenais d'avoir entendu ma sœur en parler. Jackie n'avait jamais quitté Bridgewater. Bon sang, elle n'avait même jamais quitté son boulot de lycéenne au restaurant local. Comme nous n'avions presque rien en commun ces jours-ci, notre conversation consistait à me renseigner sur les commérages de la ville. Pour une fois, ses commentaires avaient été utiles.

Dash acquiesça. Ils ne me touchaient pas, mais leurs regards étaient chauds et sexy comme la braise.

« Assez bavardé, dit-il.

– Je suis d'accord. Comme Jackson l'a dit, se croiser n'était pas qu'une histoire de chance. Une nuit ensemble, coincés dans une chambre d'hôtel sans rien à faire. » Je haussai les épaules. « Pourquoi ne pas s'amuser un peu pendant que nous sommes bloqués ? Comme je l'ai dit, je n'avais jamais été avec deux hommes avant, mais j'avoue y avoir pensé. Montrez-moi ce que j'ai manqué.

– Tu y as déjà pensé ?. » Les lèvres de Dash se soulevèrent. « Je pense que tu as tout faux, Jackson, dit-il à son ami, tout en gardant les yeux sur moi. Il semblerait que la petite Avery soit devenue terriblement coquine »

Mes genoux faiblirent à la manière dont il avait prononcé le mot coquine, Dash passa un bras autour de moi et me maintint debout. Putain, je me sentais vraiment coquine avec ces deux-là. Mon cerveau était parti ailleurs, quelque part entre eux deux.

Dash me serra contre sa poitrine musclée et je sentis Jackson bouger derrière moi, et je me retrouvai pris en sandwich entre eux, leurs corps si durs me piégeant et me tenant debout.

Jackson poussa mes longues boucles brunes sur le côté en me blottissant du mieux qu'il pouvait contre sa poitrine. Il y avait ce frottement de la barbe à nouveau. « Nous voulions faire cela depuis longtemps, chérie. Même à l'époque du lycée, quand nous étions juste des adolescents en chaleur. Tu es notre fantasme depuis ce temps-là, depuis que nous t'avons vue quand tu rentrais à la maison, mais tu n'as jamais imaginé que ça arriverait. Jusqu'à présent. Putain oui »

Je gémis. Oui, son honnêteté était sacrément excitante, surtout que je ne pensais pas être un fantasme pour eux. Mais ils me désiraient depuis... des années ? En sentant leurs bites dures se presser contre moi, je pouvais lire leur désir refoulé de me pénétrer.

Bon sang, oui.

2

« Tu veux nous baiser tous les deux ? Comme ça, tu pourras voir tout ce que tu as manqué, » dit Jackson en écartant le haut du col de ma chemise, le tirant vers le bas et m'embrassant. J'inclinai ma tête pour lui donner un meilleur accès. Les choses coquines que faisait sa bouche me laissèrent à bout de souffle. Ou peut-être que c'était l'idée de baiser ces deux hommes qui m'avait essoufflée. Ce n'est pas que cette idée me choquait : nous avions tous grandi à Bridgewater, nous connaissions tous bien l'idée des trios. Ce n'était pas que je sois prude ou quoi que ce soit, mais j'avais abandonné Bridgewater et découvert rapidement que ces ménages à trois n'était pas aussi courant en dehors de ma ville natale.

Je hochai la tête et me penchai encore plus en avant. J'étais frustrée par ma chemise et par l'incapacité de Jackson de m'embrasser davantage ma peau nue. « L'occasion ne s'est jamais présentée, » expliquai-je, essayant de former des mots malgré le fait que leurs mains étaient partout sur moi, me caressant la poitrine et me serrant le cul. « Mais je suis définitivement ouverte à l'idée. »

Oh oui. Quatre mains, deux bouches, deux queues. Beaucoup d'orgasmes. Qu'est-ce qu'une fille pouvait vouloir de plus ?

Le pied de Jackson poussa le mien, ce qui m'obligea à changer de posture et je sentis sa main glisser sur mes fesses pour recouvrir ma chatte par-dessus mon jean. « Bien ouverte, murmura-t-il. Tu mouilles pour nous ? »

J'émis un « oui » alors que Dash se penchait et que sa langue trouvait la mienne.

Il s'arrêta assez longtemps pour faire écho aux mots de Jackson. « C'est bien. »

J'essayais de m'énerver—je n'étais donc pas une de ces femmes qui était excitée à l'idée d'être dominée, mais les mots ne m'avaient pas semblé condescendants. Je me sentais étrangement... chérie. Réchauffée par leurs louanges et par la sensation de leurs bites bien raides, de savoir que je leur plaisais. Dash m'embrassa encore une fois, doucement pendant une seconde ou deux, puis cela changea rapidement pour devenir beaucoup plus pressant.

Je voulais les toucher comme ils me touchaient. Saisissant le bord de la chemise de Dash, je la relevai, mais les mains de Jackson se posèrent sur les miennes et m'arrêtèrent. « Non. Pas encore, mon cœur. »

Je me tournai légèrement pour froncer les sourcils. « Pourquoi pas ? Je veux vous voir tous les deux. »

Dash répondit alors qu'il me prenait les mains. « Parce que nous rêvons de te baiser depuis le lycée, poupée. » Il releva habilement ma chemise. Je dus lever les bras au-dessus de ma tête pour qu'il puisse l'enlever complètement. « Nous allons le faire à notre façon.

– Votre façon ? »

Son ton autoritaire aurait dû me faire mettre en colère... alors pourquoi ma culotte était-elle aussi mouillée ? Trempée, en fait.

Comme s'il pouvait lire dans mes pensées, Dash me lança un sourire suffisant. « Détends-toi et laisse-nous faire. Je te promets que tu vas aimer ça »

Oui, je pensais qu'il disait la vérité à ce sujet.

Jackson tendit la main, défit le bouton de mon jean, fit glisser la fermeture éclair avant de retirer mon pantalon. En un instant, il ne restait plus que mon soutien-gorge et ma culotte.

« Merde, murmura Jackson derrière moi. Tu es encore plus sexy que ce que j'avais imaginé. » Je me retournai pour lui faire face et il me lança un autre de ses sourires enfantins, celui qui faisait pâlir toutes les filles. « Et crois-moi, j'ai passé beaucoup de temps à imaginer à quoi tu ressemblais sous ton uniforme. »

J'ai froncé les sourcils. « Mon uniforme ? »

Puis je me souvins et me mis à rougir. Je ne rougissais jamais. Il y a longtemps, j'avais été pom-pom girl. La pensée de Jackson fantasmant sur moi m'émut plus qu'elle ne l'aurait dû.

« C'était au lycée.

– Je t'ai dit que nous nous intéressons à toi depuis longtemps. De retour à la maison, retrouve cette petite jupette de pom-pom girl. Peut-être que tu peux la mettre et que je peux la relever et te baiser comme je l'imaginais. »

Jackson me faisait rire. « Tu étais un peu pervers, dis-je.

– Je pense que le terme est coquin. Et oui, avec toi ? Absolument.

– Tu aimes les jeux de rôle alors ? »

Il se pencha et m'embrassa doucement tandis que ses mains se posaient sur mes hanches. « Je suis prêt à tout avec toi. »

Oh.

Dash fit un pas en arrière et Jackson s'installa à ses côtés pour qu'ils soient face à moi.

« Montre-nous tes seins magnifiques, ordonna Dash en regardant mon soutien-gorge rose pâle. Je me félicitai intérieurement de ne pas avoir mis un truc informe en coton ce matin. La façon dont il me regardait, comme s'il ne pouvait pas attendre pour avoir ses mains - et sa bouche - sur ma poitrine, confirma qu'il était vraiment un homme qui aimait les seins.

Mon souffle était court. Je ne voulais pas être excitée par ce ton impérieux, mais cela me troubla. C'était comme si sa voix avait un lien direct avec mon clitoris.

J'abaissai une bretelle puis l'autre, admirant la façon dont leurs yeux s'assombrirent à la vue de mes seins exposés centimètre par centimètre. En atteignant le dos, je détachai le fermoir, laissant tomber le soutien-gorge par terre. Comme ils ne bougeaient pas, ne faisant que regarder, je fis un pas vers eux.

« Pas si vite, » dit Jackson. Merde, même doux, adorable, Jackson semblait autoritaire. Il vint vers moi, ses doigts courant sur ma peau exposée, si doucement que je dus me mordre la lèvre pour ne pas crier. Mes mains me démangeaient de le toucher aussi, mais je savais que je serais réprimandée si j'essayais.

Sachant que ma chatte vibrait douloureusement, je serrai mes cuisses.

Dash me tourna vers le miroir au-dessus du bureau. Ses mains tracèrent les lignes de bronzage de mon épaule et descendant jusqu'à l'endroit où elles formaient de petits triangles blancs sur mes seins, puis descendirent pour entourer mes tétons. Je pouvais voir Jackson derrière nous, l'observer avec son regard intense.

« Où as-tu porté un si petit bikini, poupée ? » demanda Dash.

Il n'avait pas eu besoin de voir le deux-pièces rose vif dans ma valise pour savoir qu'il était minuscule.

Ma bouche était sèche. J'étais tellement concentrée sur la vue de ses grandes mains calleuses recouvrant mes seins que je ne pouvais pas répondre. La sensation que je ressentais me faisait frissonner et mes tétons durcirent encore plus.

Comme je ne répondais pas, il pinça mes tétons pendant que Jackson se rapprochait. « Il t'a posée une question. »

Oh mon Dieu, cette voix était délicieuse. « Euh, au

Mexique, à Tulum, » je réussis à articuler. « J'étais à Tulum pour un reportage. J'y étais encore ce matin. »

Je pouvais sentir le sourire de Dash contre mon cou. « Tu étais sur une plage au Mexique en décembre, mais tu as décidé de revenir au Montana pour les vacances ? Tu dois aimer la neige. »

Pas vraiment, non. « Le mariage de ma sœur, » dis-je entre deux halètements. Bon sang, ils choisissaient bien le moment pour m'interroger. Parler de ma sœur, de ma famille en général, ne m'excitait pas du tout. J'espérais juste qu'ils ne poseraient aucune question sur le mariage. La dernière chose que je voulais était de parler de ça alors que j'étais essentiellement nue et que Dash McPherson me caressait le corps.

Il fronça les sourcils dans le miroir et ses mains se figèrent. « Tulum ? Il n'y a pas eu une fusillade là-bas l'autre jour ? »

Je hochai la tête, espérant qu'il comprendrait l'allusion et recommencerait à jouer. Je ne voulais pas parler de ça non plus. Surtout pas maintenant, alors que j'étais tellement concentrée sur ses mains et sur la façon dont il me touchait. La fusillade n'avait rien à voir avec mon reportage et même si je n'avais pas été dans la ligne de tir directe... elle avait été suffisamment proche. J'avais entendu les coups de feu et le chaos qui s'en était suivi. Je secouai la tête pour faire disparaître ce souvenir.

Le regard de Dash était empli d'inquiétude et j'étais terrifié à l'idée qu'il pose d'autres questions. Ce n'était pas censé être une séance d'analyse, bordel ! On devait baiser. Il devait y avoir une règle qui interdisait les conversations sérieuses dans ces moments-là.

Dash se laissa alors tomber à genoux et dit : « Ecarte tes jambes, » il semblait que la conversation était finie. Voilà les mots que je voulais entendre.

Je répondis rapidement à son ordre bourru. Trop vite, encore une fois. Merde, je détestais que l'on me dise quoi faire. « Ce n'est pas à moi de donner des ordres ? » demandai-je.

Dash me sourit mais, au lieu de répondre, il se pencha en avant et enfouit son visage entre mes cuisses, sa bouche chaude et humide se refermant sur ma culotte. La fine soie était la seule chose entre sa langue et ma chatte et la friction brûlante était insupportable. Je criai et Jackson passa juste derrière moi, me maintenant debout. Il passa sa main sur moi, taquinant mes tétons, pinçant et roulant les pics sensibles pendant que je me cambrais encore plus.

Je pouvais sentir une tension familière monter en moi. Eh bien ! Je n'avais jamais eu un orgasme aussi rapidement ! J'avais généralement besoin de l'aide d'un vibromasseur, mais mon corps était très vite monté dans les tours avec les attentions de ces deux hommes. Rien que les voir ressemblait à des préliminaires.

« Comme ça, » mon souffle était rauque, mes mains saisirent la tête de Dash pour le maintenir droit... là... entre mes cuisses. « Ne t'arrête pas. »

Mais dès que j'eus prononcé ces mots, Dash se retira et me regarda avec un sourire paresseux. « Pas si vite, bébé. Nous avons une longue nuit devant nous. »

Je restai bouche bée devant lui, prête à jouir, mais avant que je puisse le faire, il me fit pivoter pour que mes seins soient écrasés contre la poitrine de Jackson. Jackson m'embrassa alors que la main de Dash me giflait le cul.

« Quoi ? »

Je sursautai à la brûlure inattendue, puis gémis dans la bouche de Jackson alors que ma chatte se contractait, implorant davantage. Je n'avais jamais été fessée auparavant et bien que cela n'ait pas été si douloureux, ça avait été... Bon sang. Chaud.

Les mains de Dash se levèrent, les doigts s'enroulant dans l'élastique de ma culotte, la tirant vers le bas. Ses lèvres se pressèrent contre la chair chauffée où il m'avait fessée.

Une fois que ma culotte trempée fut autour de mes

chevilles, il me donna un autre coup espiègle. « Monte sur le lit. »

Oh merde, quand la voix de Dash était-elle devenue si sévère ? Je l'observai dans un silence stupéfait pendant un instant alors que Jackson se mettait sur le côté, me laissant la place, me laissant décider de ce qui allait se passer ensuite.

« Sois une bonne petite fille et allonge-toi sur le lit, dit Dash d'une voix plus douce. Écarte ces jambes pour nous et laisse-nous voir ta chatte mouillée. »

Plus doux, mais toujours coquin. Je voulais ça. Je les voulais. Je fis comme il me l'avait demandé et gagnai le lit.

Allongée.

Les jambes écartées.

Je leur montrai ma chatte humide.

Et puis ils me donnèrent la nuit sauvage que j'imaginais.

3

 ASH

La chaleur dans ma camionnette était encore présente, mais je devais quand même souffler sur mes mains pour les empêcher de geler. Je jetai un coup d'œil par la fenêtre de côté à la maison parfaite des parents de Jackson, avec sa cheminée et sa palissade. Des lumières blanches de Noël pendaient de l'avant-toit et ressemblaient à des glaçons. Une grande couronne avec une grande flèche rouge était accrochée à la porte d'entrée. Des branches de gui étaient suspendues à la balustrade.

Ils avaient toujours aimé fêter Noël. Normalement,

j'aurais été ravi de laisser la mère de Jackson me gaver de nourriture pendant que je l'attendais, mais nous avions des choses à faire et cela ne pouvait pas attendre. Leur fête de vacances annuelle était sur le point de commencer et il ne faisait aucun doute que je serais entraîné dans les préparatifs avec lesquels je savais que Jackson se débattait actuellement. C'était difficile - non, impossible - de dire non à sa mère. Et c'était pour ça que j'étais ici. J'étais son excuse pour partir.

Depuis le moment où nous nous étions réveillés hier matin dans la chambre d'hôtel de Minneapolis pour découvrir qu'Avery était partie, j'étais bougon. J'aurais dû arborer le sourire d'un mec qui avait bien baisé, mais en fait non. Cela avait duré dix secondes quand je m'étais retourné et que j'avais découvert qu'elle n'était plus dans le lit. Sans elle entre nous, nous nous étions sentis idiots.

Nous nous étions sentis stupide de l'avoir laissée s'enfuir. Elle était passée en mode furtif, même si elle avait passé toute la nuit avec nous. Nous ne pouvions tout simplement pas en avoir assez. Et elle non plus, du moins jusqu'à l'aube, lorsque nous avons finalement perdu connaissance. Elle n'était pas à la porte d'embarquement avant notre vol, et nous avons supposé qu'elle était rentrée chez elle autrement ou qu'elle était sur une plage magnifique du Mexique en train de parfaire son bronzage ultra-sexy.

Cela ne voulait pas dire que nous n'allions pas la traquer et lui donner une bonne fessée.

Après cela, nous allions devoir la convaincre. Merde, nous savions que nous allions devoir la convaincre au moment où nous l'avions vue à la porte d'embarquement de l'aéroport. Elle tenait visiblement beaucoup à son indépendance. Mais nous ne savions évidemment pas à quel point il serait difficile de la convaincre de passer plus de temps avec nous - au lit et hors du lit - jusqu'à ce que nous nous réveillions pour la retrouver partie. Elle s'était échappée comme un putain de ninja, ne nous laissant aucune chance de lui dire à quel point cette nuit sauvage avait été importante pour nous. Nous n'étions pas des moines, mais nous ne couchions pas à droite ou à gauche non plus. Pour nous, elle n'était pas un simple coup d'un soir.

Mon instinct me disait que plus elle prenait de temps et de distance, plus cela minimisait la connexion que nous avions établie. Elle pensait probablement que c'était une coïncidence si notre vol avait été annulé et si nous avions ressentis une attirance réciproque incroyable - et elle avait dû vouloir en rester là. Mais c'était plus que ça. Tellement plus.

Je le savais. Jackson le savait, mais il fallait convaincre Avery.

Comme nous venions d'horizons très différents, nous ne pouvions pas nous attendre à ce qu'elle comprenne la même chose. Alors qu'elle avait grandi à Bridgewater, sa famille n'avait pas eu le mariage traditionnel de Bridgewater. Elle n'avait eu qu'un seul père, Jackson et moi en avions eu deux. Deux papas et une maman chacun.

Mais les parents d'Avery ? À en juger par les commérages de la ville, leur mariage battait de l'aile. Nous n'avions aucun moyen de savoir ce qu'Avery ressentait à propos d'une relation sérieuse, encore moins une relation avec deux hommes.

Une chanson débile passa à la radio et je changeai de station en appuyant sur le bouton avec plus d'efforts que nécessaire.

Oui, une relation sérieuse. Nous la voulions et pas simplement pour une seule nuit à Minneapolis. Nous voulions tout avec elle. Son travail l'emmenait partout dans le monde - J'avais fait des recherches en ligne et trouvé une série d'articles de voyage bien écrits -, mais tant qu'elle revenait chez nous, il nous restait une chance. Au moins, nous étions disposés à essayer.

Nous avions espéré revenir au Montana avec elle, l'emmener prendre un petit-déjeuner. Sortir ensemble quand elle serait en ville. D'après ce qu'elle avait dit, elle n'avait pas été trop pressée de participer au mariage de sa sœur, mais peut-être que d'avoir deux mecs pour danser avec elle, et passer du bon temps, pourrait la faire changer d'avis. La rendre heureuse.

C'est tout ce que nous souhaitions, la rendre heureuse. C'était un peu fou, certes, mais les hommes de Bridgewater connaissaient leurs épouses assez rapidement. Bien que nous ayons connu Avery depuis notre adolescence, nous étions trop jeunes auparavant. Avoir le béguin pour elle au lycée était une chose, mais nous étions allés à la fac avant de faire quatre autres années d'études de vétérinaire. Et maintenant ? Avec notre clinique qui marchait bien, nous avions tout ce que nous voulions. Sauf elle.

C'est juste une nuit, non ? Pourquoi ne pas s'amuser un peu pendant que nous sommes bloqués ? avait-elle dit.

En passant, elle avait baisé et fui, elle avait voulu que nous la rendions heureuse temporairement, au moins jusqu'à ce que les orgasmes s'estompent. Nous étions un passe-temps pour elle. Plus Avery resterait loin de nous, plus elle serait capable de s'en convaincre.

Bordel.

J'avais eu des histoires moi aussi. Jackson aussi. Cela n'arriverait plus. C'était la dernière fois que nous allions avoir un coup d'un soir et cette relation allait durer le reste de nos vies. Oh oui, nous allions la coincer, lui lécher la chatte jusqu'à ce qu'elle jouisse. Toutes les nuits. Nous la baiserions, la remplirions de sperme, lui prouverions qu'elle était à nous. Toutes les nuits. La baiser ensemble, un dans son cul, l'autre dans sa chatte. Nous la prendrions sur la table de la cuisine et lui donnerions une fessée, la laissant avec nos empreintes de mains roses sur son cul pour lui rappeler à quel point nous la désirions. Chaque putain de nuit. Bordel, matin, midi et soir. Mes couilles me faisaient mal rien qu'en y pensant. Mon sentiment d'urgence de la revoir, de lui faire part de nos intentions, ne faisait qu'augmenter à chaque minute où elle s'éloignait de nous.

En tapotant mes doigts gelés contre le volant, j'exhortais mentalement Jackson à se dépêcher. Nous avions déjà perdu suffisamment de temps à attendre le prochain vol pour Bozeman, puis à rentrer à Bridgewater. Hier soir, il était trop tard pour nous rendre chez Avery, et de toute façon nous ne savions pas où habitaient ses parents.

Ce matin, nous nous sommes arrêtés à notre

clinique pour procéder à une extraction dentaire sur un beagle et à une opération chirurgicale d'urgence sur un chat, mais dès que tout fut terminé, nous nous retrouvâmes préoccupés par notre objectif commun. Convaincre Avery de nous laisser une chance. Ce ne serait pas facile, mais c'était notre destin. Il n'y avait pas deux façons de procéder.

Jackson apparut enfin dans la porte d'entrée de la maison de ses parents.

« Jamais à l'heure, putain, » murmurai-je.

Jackson me fit un signe de reconnaissance avant de se tourner pour dire quelque chose à une personne située derrière lui, puis il referma la porte. Il se dirigea vers l'allée centrale, les cuisses cachées par la neige profonde de chaque côté.

Quand il se glissa sur le siège côté passager, une bouffée d'air froid entra dans l'habitacle. Il me fit un sourire et me tendit un bout de papier. « Désolé, ma mère m'a demandé de sortir le fût du réfrigérateur. Et la seule façon pour moi d'obtenir ceci... (il tendit un bout de papier), c'était que je lui explique notre intérêt pour Avery. »

Le travail de Jackson avait été de faire en sorte que sa mère lui donne l'adresse des parents d'Avery. Beverly Wray était amie avec à peu près tout le monde en ville. S'il y avait quelqu'un qui savait où vivaient les

Lane, c'était bien elle. Et il semblait que nous avions eu raison. Le prix à payer était d'avoir dû transporter des fûts et des cartons bien lourds. Et d'avoir fait preuve de patience.

Je pris le papier de sa main gantée et y lus l'adresse. Je connaissais bien la rue.

« T'en as mis du temps, » murmurai-je. J'appuyais sur l'accélérateur pour me diriger vers l'ouest, juste à la frontière de la ville. La distance n'était pas grande mais avec les routes gelées, cela semblait durer une éternité.

« Devrions-nous avoir un plan ? » demanda Jackson.

Il était clair qu'il était nerveux. Bordel, j'étais nerveux aussi, mais j'avais l'habitude de jouer au poker ! De nous deux, c'était peut-être l'athlète vedette, mais j'étais celui qui était toujours à l'honneur après le décès de mes parents huit ans plus tôt. Pendant trop longtemps, j'avais été la proie des regards pitoyables et à des chuchotements inquiets.

Il y avait peu de drames à Bridgewater. Par conséquent, lorsque mes jeunes et gentils parents avaient perdu la vie à cause d'un conducteur en état d'ébriété, l'accident avait fait la une des journaux. J'avais perdu ma mère et mes deux pères lors d'une journée d'hiver neigeuse comme celle-ci. Mais au moins, j'avais d'abord eu une enfance heureuse, remplie de plus d'amour que la plupart des gens ne pouvaient l'imaginer.

Avec de tels modèles, je suppose qu'il n'était pas étonnant que j'aie toujours voulu avoir le même type de famille, un jour. La famille de Jackson était pareille - la tragédie en moins, bien sûr. En tant que meilleurs amis pour la vie, nous avions toujours su que nous prendrions une femme ensemble. Je ne pense même pas que nous en ayons jamais parlé, c'était simplement un fait.

« Je pensais que ta mère allait nous demander de l'amener à la fête. »

Il me regarda avec un sourire. « Elle l'a fait. »

Mais cela ne voulait pas dire que nous allions lui accorder. Si Avery ne le souhaitait pas, ou pire, si nous ne pouvions pas la convaincre d'accepter, nous ferions autre chose. Tout ce qu'elle voulait. Alors que nous avions passé une nuit avec elle, nous n'en savions pas beaucoup sur elle ou sa famille et nous avions prévu de changer cela.

Je changeai de position, mal à l'aise sur mon siège. Je détestais les bavardages inutiles, même si c'était dans l'intérêt de retrouver notre femme.

« As-tu interrogé ta mère sur ses parents ? »

Jackson hocha la tête, baissant la chaleur puisqu'il faisait enfin chaud dans le camion.

« Je l'ai fait et elle a confirmé les rumeurs. Leur mariage bat de l'aile depuis le tout début, apparemment. Il a été question de tromperies, de séparations, de consultations familiales, la totale. Pourquoi ils se sont mariés en premier lieu me dépasse complètement. »

Je me concentrais pour que nous restions sur la route en digérant tout cela. Avery hésitait-elle à avoir une relation parce qu'elle n'avait aucune comparaison positive, ou était-ce nous qu'elle évitait ? Est-ce que nous ne représentions rien pour elle ?

Je fronçais les sourcils devant le paysage blanc et dénudé. La vue enneigée était belle, même si elle couvrait les montagnes escarpées au loin.

Nous savions qu'il serait difficile de la convaincre de nous laisser une chance, mais cette nouvelle ne me plut pas.

« Es-tu sûr que ce ne sont pas que des ragots ?

– La meilleure amie de ma mère est sa tante, Louise - tu te souviens d'elle, n'est-ce pas ? Elle travaillait comme infirmière au cabinet du médecin. »

Je hochai la tête. Je me souvenais d'elle. Quand j'étais enfant, elle distribuait des sucettes après les piqûres.

« Qu'est-ce qu'elle avait à dire ? »

Jackson se tourna pour me lancer un sourire ironique.

« Qu'ils sont complètement fous. »

Je levai un sourcil.

« Fous ? C'est ce qu'elle a dit, hein ? Était-ce un avis médical professionnel ? »

Jackson se mit à rire et haussa les épaules de cette manière simple qui avait toujours mis les femmes à l'aise.

« Je ne suis que le messager. Maman a dit que Louise lui avait dit que sa famille était toxique. Les parents ne sont pas heureux et s'en prennent aux enfants. Je ne pense pas qu'ils aient jamais frappé Avery ou sa sœur cadette. Rien de tel, mais on dirait qu'ils ont grandi au milieu d'un champ de bataille » Jackson regarda par la fenêtre, son expression inhabituellement sombre. « Difficile à croire qu'Avery soit devenue aussi saine d'esprit et ... et ...

– Passionnée ? » suggérai-je.

Mon esprit s'égarait dans les souvenirs de notre nuit épique d'amour — oui, le sexe oral et le sexe anal seraient tous considérés comme des formes d'amour absolu avec notre femme — et je m'émerveillais encore de sa réactivité. De son appétit. Bon Dieu, cette fille était faite pour être dans notre lit.

« J'allais dire gentille, répondit Jackson en se frottant la barbe. Si c'est comme ça qu'elle a été élevée, c'est un miracle qu'elle soit si douce. » J'entendais seulement le sourire dans sa voix alors qu'il ajoutait: « Eh oui, passionnée comme pas deux, aussi. Notre femme ne connaît vraiment aucun tabou. »

Chaude. Sauvage. Sensuelle. Facilement excitée. Audacieuse.

Nous souriions tous les deux comme des idiots lorsque nous arrivâmes devant la maison de ses parents. Elle était tout ce que nous voulions chez une femme et il ne nous avait pas fallu beaucoup de temps pour comprendre cela. Nous l'avions tout simplement... su. Cela pouvait paraître sans doute bizarre à des étrangers, mais pour les hommes de Bridgewater, c'était juste notre façon de faire. Nous avions été élevés pour écouter notre instinct et lui faire confiance lorsqu'il s'agissait de trouver l'amour de notre vie.

Comme avec notre accord tacite de partager une femme, Jackson et moi n'avions même pas eu besoin de discuter de la marche à suivre. Nous avions jeté un coup d'œil à Avery à la porte d'embarquement de l'aéroport de Minneapolis, tenant sa valise, son sac de voyage appuyé contre le mur de l'aéroport, et nous avions su.

Elle était à nous.

Je ralentis devant la maison où vivait la famille d'Avery. Contrairement aux autres demeures du quartier, il n'y avait aucune guirlande lumineuse ornant les gouttières et pas de rennes kitsch dans l'allée. Soit ils ne fêtaient pas Noël, soit ils n'aimaient pas les vacances.

« Je suppose que nous y sommes, dit Jackson. Penses-tu que nous allons la convaincre d'accepter de venir avec nous ? »

À mon tour de hausser les épaules, feignant une nonchalance que je ne ressentais pas. « C'est le destin, tu te souviens ? Nous devons juste lui montrer à quel point il peut être bon d'être avec nous.

– Le destin ? demanda-t-il, les yeux écarquillés. Quand as-tu déjà utilisé ce mot auparavant ? »

Je levai les yeux au ciel parce qu'il avait raison. J'avais l'air d'un abruti. « Bien. Elle aimait que nous prenions le contrôle l'autre soir. Nous le ferons encore. Merde au destin ! Nous voulons Avery et nous allons tout faire pour la récupérer. »

Je ne savais pas qui je cherchais à convaincre avec mon discours audacieux. Lui ou moi ?

4
___

VERY

Je n'étais rentrée que depuis un jour, mais j'avais déjà envie de m'enfuir. J'avais dormi presque toute la première journée, afin de récupérer après vingt-quatre heures de voyage... et de baise. Je m'étais réveillée alors que mes parents se disputaient—ils n'essayaient même pas de garder leur voix basse—et maintenant je voulais juste remonter les escaliers et me glisser dans mon lit d'enfant.

Mais je n'étais pas fatiguée et il était impossible que ma mère me laisse dormir durant tout mon séjour. J'avais volontairement rendu ces voyages à la maison plus courts et plus rares au fil des années et elle ne m'avait jamais laissée l'oublier. Mais écouter mes parents se disputer à propos des mêmes problèmes me donnait envie de fuir. Non pas qu'ils s'en doutent. C'était normal pour eux.

« Je ne comprends pas pourquoi tu ne peux pas trouver un vrai travail et t'installer comme ta sœur. » Ma mère coupait les légumes avec ardeur, comme si elle pouvait se débarrasser de la haine réprimée pendant près de trente ans à l'égard de mon père, si elle coupait les carottes en dés avec suffisamment de vigueur.

J'ignorai la question comme je l'avais toujours fait. J'adorais mon travail. Bien sûr, il y avait des inconvénients, et la violence de ce dernier voyage en était la preuve, mais dans l'ensemble, j'appréciais ce que je faisais. J'étais employée par un seul magazine, mais contribuais régulièrement à trois autres. J'avais un salaire régulier, des avantages. Je parcourais la Terre entière, rencontrais des gens nouveaux et fascinants. Je savais grâce à mes expériences de vie que mes parents étaient tristes et qu'ils aimaient rendre les personnes autour d'eux tristes - moi la première.

J'étais fière de ce que je faisais, d'avoir trouvé mon propre bonheur, malgré ce que ma famille en pensait.

Bien sûr, mon père n'avait pas pu résister à l'envie de donner son opinion quand il était entré dans la pièce. J'avais ses cheveux épais et bouclés, même si les siens étaient coupés courts et étaient maintenant en majorité gris.

« Laisse notre fille tranquille, Marla. Si elle veut se faire tuer en voyageant dans un pays arriéré de l'autre côté du monde, rien de ce que tu dis ne pourra l'arrêter. »

J'ai attrapé une des carottes que ma mère avait fini de couper et j'en ai collé un morceau dans ma bouche. Peut-être que si je mâchais, je pourrais combattre l'envie de me défendre, et le claquement sec de ma mâchoire sur la carotte détournerait leur attention.

Je devais cependant le reconnaître. Mon père était tellement bon dans cette affaire familiale dysfonctionnelle qu'il avait réussi à prendre une position opposée à ma mère tout en me faisant me sentir comme une merde. Ils étaient passés experts en agressivité passive.

Bien joué, Papa.

Ma mère avait fait demi-tour, son couteau levé dangereusement en direction de mon père. « Ne nous rend pas morbides, Frank. Son travail est peut-être dangereux, mais je suis sûre qu'elle prend toutes les précautions nécessaires. »

J'ouvris la bouche pour la remercier de m'avoir défendue, mais m'arrêtai quand elle continua.

« Mais pourquoi elle ressent le besoin de partir, ça je ne comprendrai jamais. Elle se tourna vers moi, se rappelant apparemment que j'étais dans la même pièce avec eux. Pourquoi ne trouves-tu pas un mari, comme ta sœur ? »

Pouah. Ma sœur. J'aimais Jackie, tout comme j'aimais mes parents. Tout en m'en méfiant. Nous avions peut-être nos problèmes, mais la famille était la famille et c'est la raison pour laquelle j'étais assise ici, deux semaines avant Noël, au dernier endroit sur Terre où je voulais être. Jackie n'allait se marier qu'une seule fois - ou du moins je le supposais - et j'allais donc devoir porter une robe verte mousse de mer qui semblait tout droit sortie d'un film d'ados des années 80. Être demoiselle d'honneur était une chose, mais je préférerais me poignarder avec le couteau de ma mère plutôt que de suivre le parcours de ma sœur.

Plus jeune que moi de deux ans, Jackie avait choisi un chemin de vie complètement différent. Alors que j'avais couru jusqu'à la porte de sortie le lendemain de la remise des diplômes et que je regardais rarement en arrière, déterminée à voir le monde en-dehors de Bridgewater, Jackie s'était encore plus profondément ancrée dans la vie locale.

Pour autant que je sache, la seule fois qu'elle avait quitté l'État, c'était pour aller au mariage de notre cousine à Seattle il y a quelques années, et même alors, elle n'avait fait que se plaindre de ce qui était différent de chez elle. C'est à dire tout, en fait. Elle détestait la circulation, la nourriture avait un goût bizarre, les gens étaient impolis. En dehors de Bridgewater, elle devenait invivable. Et c'était juste l'État de Washington. Je ne pensais pas qu'elle se rendrait à Hawaï ou au Mexique pour sa lune de miel.

L'année dernière, Jackie avait atteint son seul but dans la vie : elle avait rencontré un garçon du Montana et avait décidé de s'installer avec lui. Collin m'avait semblé assez sympathique les quelques fois où je l'avais rencontré, mais il n'était pas vraiment l'idée du Prince Charmant que je me faisais.

Je ne souhaitais rien d'autre que le meilleur à Jackie et Collin, mais je n'aimais pas du tout le fait que mes parents considéraient constamment leur vie comme le bonheur ultime. Ma sœur n'avait jamais essayé de faire plus de sa vie que d'être serveuse et de se marier, mais d'une façon ou d'une autre, ils semblaient toujours plus fiers d'elle qu'ils ne l'avaient jamais été de moi, même si je m'étais donnée beaucoup de mal et que j'avais une bonne carrière dans un secteur bien plus concurrentiel.

J'essayai presque de leur expliquer pour la millionième fois ce que je faisais exactement, mais à quoi cela aurait-il servi ? Je leur montrais les articles que j'avais écrits dans les magazines, les photos que j'avais prises pour les accompagner, mais j'avais toujours l'impression d'être une élève d'école primaire qui ramenait à la maison un tableau en nouilles. Ils m'avaient presque caressée la tête pour me demander quand je rentrais à la maison.

Sans moi, ils avaient un pion en moins dans leur bataille sans fin pour se faire du mal. J'avais appris il y a longtemps que si je montrais que j'étais bouleversée, ils s'en servaient comme munitions. L'un d'eux accusait l'autre de me mettre mal à l'aise. Ouais, plus maintenant. J'en avais fini avec ça. J'en avais fini avec les relations. Impossible que je sombre dans le désastre du mariage et que je vive comme mes parents.

Je soupirai, mais doucement, craignant que même mon expiration ne soit utilisée comme argument pour la dispute.

Mon père choisit ce moment pour critiquer la façon dont ma mère découpait les carottes. Apparemment, elle savait qu'il les aimait en julienne, mais elle avait eu l'audace de les couper en dés trop gros.

Regardant ailleurs, je levai les yeux au ciel. Je restai

assise à grignoter mes dés de carottes en essayant de me persuader que les voir se disputer ne m'affectait plus. J'étais une femme adulte, bon sang. Peu importait que mes parents soient malheureux ou qu'ils auraient dû divorcer il y a plusieurs décennies.

J'essayais de les empêcher d'influencer mes émotions, mais c'était difficile. Assise, je pouvais sentir tout le bonheur me quitter. Toute envie d'avoir une relation m'avait quittée. Je m'étais sentie coupable d'avoir laissé Dash et Jackson dans la chambre d'hôtel, mais plus maintenant. La soirée avait été mémorable. Rien de plus.

Tandis que mes parents continuaient, je m'enfonçais mentalement les doigts dans les oreilles. La la la, je ne vous entends plus. Ils étaient comme des Détraqueurs dans les livres d'Harry Potter, aspirant toute bonne volonté en dehors de moi.

Quand la sonnette retentit, je me levai de mon siège et me servis de cette excuse pour sortir de là avant que mes parents ne commencent à s'envoyer des assiettes à la figure.

Après avoir ouvert la porte d'entrée, je restai figée. L'apparition soudaine de Jackson et de Dash sur le pas de ma porte me laissait bouleversée. L'air froid qui soufflait ne faisait rien pour refroidir mes joues échauffées—les autres parties de mon corps, déjà en ébullition. J'essayais de me convaincre que si mes tétons durcissaient, c'était à cause du vent glacial. Avec leurs lourds manteaux d'hiver, ils avaient l'air encore plus grands que ce dont je me souvenais - et je m'en souvenais très bien. Depuis leurs cheveux soyeux, jusqu'à la façon dont leurs grosses queues avaient bougé en moi. Leur parfum masculin emplissait mes narines et j'eus envie d'appuyer mon nez contre leur cou. Les respirer.

Je ne cherchais pas à me soucier de la façon dont ils m'avaient trouvée ou de leurs motivations. Je m'en fichais éperdument : j'entendais mes parents s'engueuler depuis la cuisine au sujet des fleurs pour la cérémonie de mariage de ma sœur. Ils étaient là, et ils étaient mon issue de secours !

Je m'arrêtai à peine pour reprendre mon souffle alors que j'attrapais ma veste d'hiver au portemanteau à côté de la porte et me tournai vers mes parents qui étaient finalement arrivés dans le couloir d'entrée. Quand ils virent les hommes à la porte, ils arrêtèrent de parler.

« Euh, je dois y aller. »

Je vis les sourcils de ma mère se froncer en signe d'étonnement et mon père se redressa, en fronçant les sourcils lui aussi. Des questions. J'étais sur le point d'être bombardée de questions auxquelles je ne pouvais pas répondre.

Oui, c'était Jackson Wray et Dash McPherson. Oui, je ne savais pas qu'ils s'arrêteraient ici. Non, je ne savais pas pourquoi. Eh bien, oui, mais je n'allais pas dire à mes parents qu'ils s'étaient bien occupés de moi pendant que j'étais coincée à Minneapolis.

Celui qui avait inventé l'expression « la meilleure défense est l'attaque » avait clairement été élevé dans une famille comme la mienne.

Je ne les invitai même pas à entrer ni ne les présentai, ce qui aurait été la chose la plus polie à faire. Mais c'était ma famille et Dash et Jackson ne savaient pas que je faisais preuve de courtoisie en les laissant dehors, dans le froid et la neige. J'enfilai mes bottes de neige qui reposaient sur un tapis de caoutchouc près de la porte, sans les lacer et je poussai les deux dehors sur le porche gelé. Ils reculèrent sans un mot. Ils n'avaient même pas encore dit bonjour, mais je ne leur en avais pas vraiment laissé la possibilité. Je dis au revoir par-dessus mon épaule.

« Où vas-tu ? » demanda ma mère. Elle avait toujours le couteau à la main et un torchon sur l'épaule.

« J'ai oublié de te dire que j'ai un rendez-vous. Tu

ne voudrais pas que j'annule un rendez-vous avec deux hommes de Bridgewater, n'est-ce pas ? »

Ils me regardèrent bouche bée alors que je refermais la porte derrière moi. « Bonne nuit, à plus tard ! » m'écriai-je même si je doutais qu'ils m'entendent.

Je me retournai pour voir mes deux cow-boys sexy et stupéfaits. Surpris, mais amusés, contrairement à mes parents.

« Heureux de nous voir ? » dit Jackson, frottant sa barbe d'une main gantée. Je me souvins de la sensation de ces cheveux courts sur ma peau. Je serrai mes cuisses l'une contre l'autre parce que la brûlure de ses poils venait de s'estomper.

Je ne pouvais pas m'en empêcher. Mon sourire devait avoir l'air ridiculement stupide alors que je hochai la tête. « Tu ne peux pas savoir à quel point. »

Mais j'étais heureuse de les voir. C'était un peu bizarre peut-être, mais j'étais soulagée au-delà de ce que j'espérais. Je pouvais pratiquement sentir la tension fondre de mes épaules lorsque je passai mes bras dans les leurs et les tirai afin de nous diriger tous les trois vers le trottoir - plus important encore, loin de la maison - je me sentais un peu comme Alice au Pays de Merveilles. Non pas que ces gars-là n'étaient pas humains, ils étaient aussi virils que l'on pouvait l'imaginer. Mais cette pensée me faisait glousser alors que nous nous rapprochions de leur pickup.

Avec une main sur mon coude, Jackson m'aida à l'intérieur et je me glissai sur la banquette avant. J'étais fermement coincée entre eux alors qu'ils s'engouffraient de part et d'autre en faisant claquer les portières. Il faisait chaud dans la cabine et avec eux pressés contre moi, j'étais sûre que je n'aurais pas froid, même si je n'avais pas porté de manteau.

Dash fit démarrer sa camionnette, mais sans enclencher de vitesse. Ils se tournèrent vers moi et ce n'est qu'à ce moment-là que je réalisais pleinement que j'étais avec ces deux hommes, seule... à nouveau.

Je jetai un coup d'œil de l'un à l'autre, leurs regards sombres fixés sur moi. Je pouvais voir la barbe sur la mâchoire de Dash, le nez légèrement tordu de Jackson, là où il l'avait cassé il y a longtemps. Un soupçon de parfum de mec, comme du savon, mélangé avec de l'after-shave.

Merde. Cela n'avait pas fait partie du plan. Je voulais juste sortir de la maison et ils avaient été comme un cadeau envoyé du ciel. Et maintenant ? Maintenant, qu'allais-je faire ? J'avais dit que j'avais un rendez-vous et maintenant je devais en avoir un. Avec deux mecs sexy qui étaient incroyablement bons au lit. Nous nous entendions extrêmement bien et leurs corps dégageaient plus d'hormones mâles que le chauffage !

Mon cerveau me disait que j'allais avoir des ennuis. Tellement de problèmes, sans savoir comment j'allais les résoudre.

Et je n'étais pas vraiment sûre d'avoir envie de les résoudre.

5

 ASH

Je vis le moment où elle se tendit. Un instant, elle était insouciante, gloussant comme si nous étions tous de retour au lycée et nous rendions à une fête quelque part. Puis elle devint tendue et sur la défensive, jusqu'au moment où les portes de mon camion se fermèrent.

« Alors, dit Jackson. Où allons-nous, mon cœur ? »

Je grimaçai en la voyant. Bien sûr, elle semblait assez heureuse de nous voir, mais j'avais l'impression que son enthousiasme n'était pas nécessairement dû à nous, mais plutôt à l'idée que nous étions là pour la sauver. Si un livreur de pizza avait sonné à la porte à notre place, elle serait probablement partie l'aider à finir sa tournée. Elle s'était enfuie sans même lacer ses bottes ou fermer sa veste. Pas même un bonjour.

Elle se détourna de Jackson pour me regarder, puis elle baissa les yeux sur ses genoux, bougeant pendant un moment. Ses cheveux étaient longs et lâches, sauvages et bouclés sur ses épaules. Je me souvins de ce que j'avais ressenti en les touchant, soyeux et doux et j'ai eu envie de les toucher à nouveau. Pour m'en emmêler les doigts, les piéger. Ses yeux verts arboraient un soupçon de méfiance que je détestais.

« Euh ... qu'est-ce que vous faites ici ?

– Tu es dans mon pickup, Avery, » répondis-je.

Elle soupira.

« Ouais. » Ce mot avait beaucoup de poids. Elle semblait si petite entre nous. Bien qu'elle ne soit pas une femme de petite taille, environ un mètre soixante-dix, notre différence de taille était évidente.

Jackson et moi avons échangé un regard par-dessus de sa tête et la signification était claire. Nous devions avancer prudemment. Elle était clairement en conflit avec notre apparition soudaine sur le pas de sa porte. Et pendant qu'elle était dans mon pickup, je voulais qu'elle ait envie d'être avec nous, non pas parce qu'elle avait besoin de nous pour échapper à quelque chose de grave. On la protégerait en cas de besoin - avec nos vies s'il le fallait - mais ce n'était pas une situation de vie ou de mort. Non, c'était juste la vie et il semblait que le retour à Bridgewater ne donnait pas à Avery un sentiment d'appartenance, surtout si elle fuyait la sienne avec quelqu'un qui frappait à la porte.

Je fus le premier à répondre et je gardai ma voix égale et calme. « Tu nous as manqué hier matin. On est là parce qu'on voulait s'assurer que tu étais bien rentrée chez toi. Bien que tu ne puisses pas le penser après ce qu'on a fait ensemble, on est des gentlemen. »

Ce qu'on avait fait était loin d'être des trucs de gentleman et elle avait l'air parfaitement d'accord avec ça. Quelle femme voulait baiser avec retenue ? Certainement pas Avery.

Elle me jeta un coup d'œil et j'aurais juré voir un scintillement de culpabilité alors qu'elle remettait une longue mèche de cheveux bruns derrière son oreille. Elle aurait dû porter un bonnet et des gants, mais elle s'était précipitée trop vite pour les attraper. Si elle avait été au Mexique pendant un moment, je me demandais même si elle avait des vêtements d'hiver.

« Oh oui, je suis bien rentrée à la maison. J'ai pris un vol pour Missoula. Mais, euh, merci d'avoir vérifié. »

Je pris une grande inspiration apaisante, respiré l'odeur de noix de coco. Du shampooing ?

« Pourquoi tu nous as abandonnés comme ça ? » ai-je demandé.

Sa tête s'est relevée et son expression s'est remplie d'inquiétude. Je n'avais pas l'intention de paraître accusateur ni même imposant. Mais on méritait de savoir. Si elle ne souhaitait rien de plus qu'une nuit avec nous, je voulais le savoir.

« Ce qu'il veut dire..., précisa Jackson, nous espérons que nous n'avons rien fait pour t'effrayer. Que tu as eu autant de bon temps que nous. Est-ce qu'on t'a offensée d'une façon ou d'une autre ? »

Nous l'avions poussée dans ses retranchements. Vraiment. Elle avait dit qu'elle n'avait jamais été avec deux mecs avant et qu'on lui avait montré quelque chose de nouveau. La liste des choses que deux gars pouvaient faire à la place d'un seul était longue et nous avions fait beaucoup de choses, y compris avec son cul. Nous avions dû improviser, nous n'avions pas de lubrifiant ni même de plug anal. Nous avions improvisé avec les doigts et ça ne l'avait certainement pas dérangée. Elle avait aimé ça. Du moins, c'est ce qu'on avait pensé en la voyant jouir.

Étonnamment, ses lèvres se sont inclinées vers le

haut dans le petit sourire le plus sexy que j'aie jamais vu. « Tu ne m'as pas offensée. »

Oh bordel. Sa voix était grave, rauque et sexy comme le péché. Ma bite durcissait en l'entendant et je dus m'éclaircir la gorge de peur que ma voix ne devienne un grognement. Elle était désemparée, mais si nous ne l'avions pas offensée, je pouvais être franc maintenant.

« Nous t'avons fait jouir. Tellement de fois que j'ai arrêté de compter. »

Elle hocha la tête et je la vis rougir, me rappelant chacun de ses orgasmes.

« Pourquoi tu t'es enfuie, poupée ? »

Elle tourna son joli visage vers le mien. Ses yeux verts n'étaient que chaleur et feu.

« Je ne me suis pas enfuie. »

Je ne pris pas la peine de la contredire et restai silencieux. Elle avait été prise au dépourvu. Elle soupira et se détendit sur la banquette du camion.

« OK, peut-être que je me suis enfuie. » Jackson tendit la main et la posa légèrement sur son genou. Elle se raidis, mais ne fit rien pour qu'il la retire.

« Je n'essayais pas d'être impolie, » ajouta-t-elle.

Encore une fois, elle tourna son visage vers le mien, cette fois avec un regard suppliant auquel il était impossible de résister.

« Mais c'était une aventure d'un soir, tu sais ? Je n'ai jamais été à l'aise le lendemain matin et tout ce qui va avec. Je veux dire, une nuit signifie une nuit, pas le matin. »

Je regardai Jackson. Il était meilleur à l'approcher doucement et je ne me faisais pas confiance pour répondre. Je serrai le volant trop fort. Tout en moi voulait l'entourer de mes bras, la serrer fort et ne jamais lâcher prise. Pour lui faire savoir qu'on voulait des nuits et des matins, tout ce qu'on pouvait avoir. Mais je savais—nous savions tous les deux - que si nous nous accrochions trop fort maintenant, il y avait de fortes chances qu'elle s'enfuirait. Nous ne pouvions pas nous attendre à ce qu'elle s'engage sérieusement avec nous après une nuit de sexe, peu importe à quel point ce sexe avait pu être formidable. Ou même la raison pour laquelle elle était montée dans ma camionnette, et ce n'était pas de l'empressement de sa part. Non, elle fuyait sa maison. J'étais content qu'elle se sente en sécurité, mais nous nous étions simplement trouvés au bon endroit au bon moment.

Jackson lui serra le genou. Sa voix était douce quand il dit : « Qui a dit que ça devait être juste une nuit ? »

Sa tête se releva brusquement pour le regarder, puis elle me lança un regard méfiant. « Je, euh...

j'espère que je ne vous ai pas donné la mauvaise impression. Je ne cherche rien de sérieux. Avec mon travail, je ne peux pas vraiment avoir de relations et...

– C'est bon, » interrompis-je. Ça ne l'était pas, mais je n'allais pas lui dire ça. La dernière chose que nous voulions, c'était qu'elle se convainque qu'une relation sérieuse n'était pas une option. Non, on avait juste besoin qu'elle nous laisse une chance. L'avoir assise entre nous était un début. Jackson lui sourit.

« Nous n'essayons pas de te pousser, ma chérie. Nous disons juste que tous les trois, nous pourrions aussi bien passer du bon temps ensemble pendant que tu es en ville, tu ne crois pas ? »

Elle se déplaça sur le siège, clairement mal à l'aise. Ou peut-être juste excitée à l'idée de ce que ça impliquerait de passer du temps avec nous deux. Oh merde, ma bite appuyait douloureusement contre mon jean à l'idée qu'elle mouille pour nous. Je me souvins de son désir sur mes doigts, de son goût sur ma langue. La sensation alors que ma queue était en elle. Putain, je la voulais encore entre nous, et bientôt. Son sourire était timide et sexy comme si elle avait péché alors qu'elle me regardait par en-dessous. Toute sa méfiance antérieure avait disparu.

« Passer du temps ensemble, c'est bien. » Ce qui voulait dire : vous baiser tous les deux pendant que je suis là pour le mariage de ma sœur me paraît être une excellente idée. J'ai laissé échapper un petit rire à la façon coquine dont elle avait esquissé le mot « bien. » En plaçant ma main sur son autre jambe pour que nous la touchions tous les deux, je laissai mes doigts tracer un chemin le long de sa cuisse.

« Il n'y a rien de bien là-dedans, poupée. Et je pense que ça te plaît comme ça. » Elle rit aussi et Jackson me lança un sourire triomphant en se tortillant entre nous. Nous n'avons peut-être pas gagné la guerre, mais cette première manche avait été un franc succès. Elle n'avait pas dit quand elle quittait la ville, mais ce serait peu de temps après le mariage de sa sœur, d'après ce que ses parents nous avaient dit à l'instant et la façon dont elle avait réagi. Nous aurions plus de temps pour lui montrer à quel point nous pouvions être formidables tous les trois, mais ce n'était pas grand-chose. Elle pencha la tête vers sa maison.

« Je vous inviterais bien à l'intérieur, mais... je ne peux vraiment pas. Je ne suis pas une chipie, mais mes parents... » Elle laissa la phrase en suspens et haussa les épaules. La tristesse dans son expression me fit tordre le cœur douloureusement dans ma poitrine.

« Ne t'inquiète pas, dit Jackson, son ton décontracté et insouciant, la mettant à l'aise. On n'a pas besoin de les rencontrer maintenant, surtout vu que ta mère avait un couteau à la main. »

Elle rit de cela, s'essuya la main sur le visage comme si elle essayait de dissiper la frustration qu'elle ressentait à l'égard de sa famille. Nous avions entendu les disputes qui s'y déroulaient - leurs voix s'étaient faites entendre haut et fort par la porte d'entrée. La façon dont ils se tenaient sur la défensive et en colère avait été une attitude hostile plutôt qu'amicale, surtout avec Mme Lane qui tenait le couteau. J'avais senti des odeurs de cuisson et je savais qu'elle était occupée dans la cuisine, mais quand même. Qui ouvrait la porte comme ça ? Ce n'était pas un foyer heureux. La mère de Jackson avait raison.

« Tu devrais venir avec nous,, » suggéra-t-il. Quand elle fronça les sourcils, il ajouta : « à la fête de Noël de mes parents. » La moitié de la ville se rendait à la fête des Wray. Du moins, c'est ce qu'il semblait. Alors que nous voulions la ramener chez nous au centre-ville et apprendre à la connaître de nouveau, à poil, cela pouvait être une bonne idée, surtout maintenant que nous avions vu ses parents. La présenter à la mère et au père de Jackson ne pouvait que jouer en notre faveur. S'il y avait une famille de Bridgewater qui pouvait la persuader de nous donner une chance, de voir à quoi pourrait ressembler une vraie relation, c'était bien celle de Jackson.

Les yeux d'Avery s'élargirent de surprise. « Une fête ? Avec tes parents ? Oh, je ne sais pas...

– Pourquoi pas ? » je demandai. Je jetai un coup d'œil significatif par la fenêtre de sa maison. Sans aucune décoration de Noël comme les voisins, l'endroit était déprimant. « C'est soit venir avec nous, soit retourner là-bas. »

Elle gémit, la tête retombant contre le dossier du siège. Son manteau s'ouvrit, me donnant une vue somptueuse de son long cou et de son décolleté ample. Un décolleté que je me souvins avoir léché et grignoté. Merde, elle était encore plus belle que dans mes souvenirs. En tournant la tête vers moi, je fus frappé par la vue de ces grands yeux verts qui me regardaient, ces lèvres roses qui boudaient naturellement comme si elles avaient été faites pour être baisées. Merde, j'avais hâte qu'elle revienne dans notre lit. Au diable la fête. Sa voix était triste.

« Vous les avez entendus se disputer, n'est-ce pas ? »

Je haussai les épaules, il ne servait à rien d'essayer de le nier.

Elle gémit à nouveau. « Je suis désolé que tu aies entendu ça. J'aime mes parents, mais... ils sont insupportables. »

Jackson se moqua gentiment : « je suis sûr qu'ils ne sont pas si terribles que ça. »

Je ne répondis rien. Jackson serait peut-être prêt à leur accorder le bénéfice du doute, mais j'étais prêt à étrangler la prochaine personne qui ferait du mal à Avery, qu'il s'agisse d'un membre de sa famille ou non. Et je pouvais dire rien qu'en la regardant que ses parents lui avaient fait du mal. Pas physiquement, mais elle était blessée, au fond d'elle-même. Blessée à vif, même. Que ce soit en réponse au commentaire de Jackson ou au regard qu'elle avait vu dans mes yeux, elle se dépêcha d'expliquer.

« Ils ne sont pas si terribles, pas vraiment. Ils nous aiment, ma sœur et moi, on l'a toujours su. J'ai parfois l'impression qu'ils se détestent encore plus. »

Je vis Jackson grimacer, mais elle fixait à nouveau ses mains, clairement perdue dans ses pensées. Je savais qu'il était tout aussi difficile pour Jackson d'imaginer ce genre d'éducation que pour moi. Nous avions tous les deux eu la chance d'avoir des parents extraordinaires et il était temps pour Avery de vivre le même genre d'amour inconditionnel. Si elle ne pouvait pas le trouver avec sa famille, elle le trouverait avec nous et avec le clan Wray. Il ne restait plus beaucoup de famille de mon côté, mais celle de Jackson…. eh bien, ils accueilleraient notre femme à bras ouverts. Ils attendaient depuis des années qu'on trouve l'Élue.

« Viens à la fête avec nous, dis-je. Tu vas t'amuser, je te le promets. »

Elle se regarda de bas en haut. « Je ne peux pas aller à une fête habillée comme ça.

– Tu es magnifique, » dis-je automatiquement. En toute honnêteté, je n'avais même pas remarqué ce qu'elle portait. Elle avait juste fière allure dans son pantalon moulant noir et son t-shirt à col en V que je pouvais voir sous sa veste.

Elle laissa échapper un joli petit rire amusé.

« N'est-ce pas ?

– Il ne ment pas, déclara Jackson. Tu es magnifique.

– Je porte un pantalon de yoga. » Son regard trahissait ses pensées, nous étions fous.

« Je n'ai pas de maquillage et mes cheveux partent dans tous les sens/

– Mes parents se fichent de ce que tu portes, » dit Jackson. Ce qu'il ne dit pas, c'est que ça ne nous dérangeait pas de regarder ses longues jambes et son cul parfait dans ce pantalon moulant.

« C'est un truc informel, rien d'extravagant. Et ils seront ravis de te rencontrer. »

Elle soupira. On l'avait presque convaincue. En me

penchant, je baissai la voix et parlai doucement dans son oreille. « Si tu es une gentille fille et que tu viens à la fête avec nous, je te promets que tu auras une récompense plus tard. »

Je la sentis frémir d'anticipation alors qu'elle riait doucement à mes mots taquins.

« Des promesses, des promesses, » murmura-t-elle.

Puis se tournant vers Jackson, elle céda avec un soupir. « D'accord, Roméo, amène-moi chez toi pour rencontrer ta famille. Et je veux vraiment cette récompense. »

Je démarrai le pickup en gémissant. Une fête de Noël avec une érection. Ça n'allait pas être facile.

6

 VERY

Je me sentais ridicule. Non, ce n'était pas tout à fait juste. Je pouvais me sentir grosse et ridicule, bien qu'heureuse, après avoir mangé mon poids en brownies, mais là, j'étais vraiment ridicule.

Jackson n'avait pas menti lorsqu'il avait dit que la fête n'était pas guindée, mais ce n'était certainement pas la petite réunion décontractée qu'il avait décrite non plus. Debout sur le côté et regardant un petit groupe chanter des chants de Noël autour du piano dans la grande salle des Wray, je n'arrivais pas à croire que j'allais laisser Jackson et Dash me convaincre d'y aller ainsi habillée.

La famille de Jackson m'avait accueillie à bras ouverts. Littéralement. Je n'avais jamais été autant embrassée de toute ma vie. Et personne ne semblait avoir remarqué que je portais un pantalon de yoga et un simple maillot de tricot. Ou, s'ils l'avaient fait, ils avaient été trop polis pour me le faire remarquer. Non pas que le Montana soit chic. S'habiller, c'était mettre un jean propre, mais quand même... J'avais mes habitudes : une coiffure potable et un peu de mascara.

La mère de Jackson dirigeait la décoration de l'arbre de l'autre côté de la pièce et je regardais de mon coin confortable près de la table de la salle à manger, recouverte de nourriture. De nourriture que j'avais déjà trop goûtée.

« On ne peut pas se cacher ici toute la nuit, tu sais, » plaisanta Jackson, venant vers moi. Son père l'avait emmené chercher de la glace dans le congélateur du garage.

« Pourquoi pas ? » demanda Dash, prenant une poignée de cacahuètes et l'enfournant dans sa bouche. Il tenait une bouteille de bière dans l'autre main. « Avery a trouvé le meilleur endroit dans la maison, juste à côté du buffet. »

En plus d'offrir un coup de main aux parents de

Jackson, ces gars ne m'avaient pas quittée depuis le moment où nous étions entrés. Ils avaient été attentifs et polis, me présentant à tous ceux qui passaient devant nous et s'assurant que j'avais toujours un verre d'eggnog à la main. Peut-être que j'étais un peu rouillée niveau relations, ou peut-être que je n'étais jamais sortie avec la bonne personne, mais ce genre de traitement était une nouvelle expérience pour moi. Ils me traitaient comme si j'étais leur femme. Comme si j'étais précieuse et irremplaçable.

Comme si j'étais le centre de leur monde. Au moins pendant la fête.

Leur comportement était étrange, mais... gentil. Une fille pourrait s'habituer à ce genre de considérations. Pas moi, bien sûr. Je m'étais promis depuis longtemps que je ne tomberais pas dans le même genre de piège que mes parents. Je m'étais promis de ne pas revivre la même chose quand j'étais allée à l'université et je n'avais jamais regretté ma décision. Pourtant, j'étais là.

Pourtant, ces gars rendraient une fille très heureuse un jour. Mon esprit revint à la façon dont ils avaient adoré mon corps l'autre soir, jusqu'à ce que je sois plus satisfaite que je ne l'avais jamais été. Dash, étalé sur le lit, moi chevauchant ses hanches, sa bite si profondément en moi, Jackson s'agenouillant à côté de moi et murmurant comment il allait me baiser le cul un jour, alors qu'il avait son doigt en moi.

Je me mis à mouiller rien qu'en y repensant.

Oh oui, ils rendraient une femme très heureuse.

Un léger pincement au ventre me fit serrer mon verre encore plus fort. C'était... de la jalousie ? Ouais. Pour de bon. Je voulais arracher les yeux de toute femme qui souhaiterait se mettre entre ces deux-là. Je me sentais très possessive de leurs grosses bites. Et du reste de leur corps.

J'étouffai un gémissement en prenant une gorgée de la boisson sucrée. C'était ridicule d'être aussi stupide et mesquine envers une femme inconnue, pour une vie et une relation que je ne voulais même pas. Pour deux bites dont je m'étais intentionnellement éloignée. Cela devait être un effet secondaire d'être dans cette maison confortable avec ses gens chaleureux et cette atmosphère festive. C'était la seule explication à mon soudain désir de quelque chose que je n'avais jamais connu. Ce n'était pas comme si mes parents décoraient leur maison pour Noël. Non, ils n'avaient pas décoré d'arbre depuis l'âge de mes huit ans lorsque mon père s'était trompé de sapin. Ma mère avait voulu une épinette bleue et il avait ramené à la maison un pin, plus grand d'un mètre que ce qui était prévu.

Mes parents étaient ravis d'organiser le mariage de Jackie pendant les fêtes - ils n'avaient pas à payer les décorations à l'église ou à la salle de réception puisque ces lieux étaient déjà parés pour les fêtes de Noël - mais leur enthousiasme s'arrêtait là.

Je ne pouvais pas manquer de voir l'un des pères de Jackson se faufiler jusqu'à sa mère et lui passer l'entourer de ses bras. Mme Wray, avec ses cheveux argentés, son pantalon noir et son chandail de fête, ressemblait à une adolescente alors qu'elle riait et rougissait lorsqu'il la tirait vers l'entrée de la salle à manger où pendait une branche de gui.

Dash et moi avons ri pendant que Jackson gémissait à côté de nous. « C'est si embarrassant, » a-t-il crié de bon cœur alors que ses parents s'embrassaient et se câlinaient devant nous et devant le reste des invités.

« Attendez de trouver votre véritable amour, » cria une voix familière à notre gauche. « Un jour, tu embarrasseras tes propres enfants, crois-moi. » Je me redressai au son de la voix de ma tante et me penchai vers l'avant pour regarder autour de Dash qui bloquait ma vue. Bien sûr, ma tante, avec ses boucles brunes teintées de gris, se dirigeait vers moi, son large sourire lui illuminant le visage.

« Tante Louise ! »

Avant que je ne puisse en dire plus, elle me prit dans ses bras ce qui vida littéralement mes poumons. Dash prit mon verre de ma main avant qu'il ne se renverse.

« Quel joie de te voir ! roucoula-t-elle en me berçant comme si j'étais encore une petite fille et non une femme adulte qui la surplombait de quelques centimètres. Qu'est-ce que tu fais ici ? » Avant que j'aie pu répondre, son regard rusé alla de moi aux deux hommes.

« Jackson et Dash m'ont invitée. » Je n'avais aucune envie d'expliquer comment j'avais repris contact avec eux dans un hôtel de l'aéroport, alors je changeai de sujet. « Je n'arrive pas à croire que tu sois là. J'allais t'appeler demain pour voir si tu voulais qu'on se voie pour déjeuner. » Les yeux de tante Louise brillaient d'un éclat malicieux, mais elle n'essaya pas de m'embarrasser devant Jackson et Dash, ce que j'appréciai. « Je ne rate jamais une fête de Noël chez les Wray. La mère de Jackson, Beverly, est ma meilleure amie. Elle l'a toujours été. »

« Je ne le savais pas, dis-je de manière un peu maladroite. Mais je suis contente de te voir ici. » Je contemplai son pull vert avec un renne et son nez rouge et un gros pompon sur l'épaule droite. « C'est un sacré look ! »

Son sourire s'élargit alors qu'elle baissait son regard. « Le pull le plus laid gagne une séance de thalasso. » J'avais remarqué un certain nombre de femmes de l'âge de tante Louise avec des pulls de Noël immondes. J'en connaissais maintenant la raison. « Le mien est plutôt moche, mais je pense que Sally va gagner,, » grommela-t-elle. Je ne savais pas qui était Sally, mais si son pull était encore pire que celui de ma tante, ce devait être quelque chose de vraiment unique au monde.

« Je suis contente de te voir aussi, ma chérie, ajouta-t-elle. Et j'adorerais déjeuner avec toi. On doit absolument se voir avant que les commère ne te tombent dessus au mariage de Jackie. »

Cette image me fit rire. Ma famille ressemblait vraiment à un troupeau de commères quand j'étais là. Elle avait tendance à m'entourer et à m'interroger sur mes choix de vie jusqu'à ce que je sois épuisée. Son regard se tourna à nouveau vers Jackson et Dash lorsque Madame Wray et deux autres femmes plus âgées se joignirent à notre petit groupe.

« Ta tante m'a demandée si tu venais au mariage de ta sœur, » demanda-t-elle avec une désinvolture forcée qui ne trompait personne. Les quatre femmes plus âgées ne portaient pas seulement des chandails atroces, mais elles arboraient toutes le même sourire espiègle.

« Seule ou accompagnée, d'ailleurs ? » demanda Mme Wray, en poussant tante Louise sur le côté d'une manière pas très subtile. Dash soupira fort à côté de moi pendant que Jackson faisait les présentations.

« Avery, tu connais ma mère, Beverly, et voici ses amies, Sally et Violet. »

« Ravie de faire votre connaissance, » ai-je murmuré d'un signe de tête, mais elles n'avaient pas l'air de se soucier des présentations. Elles me fixaient toutes les quatre avec une curiosité inébranlable.

« Mesdames, voici ma nièce, dit tante Louise. La fille aînée de ma sœur.

- Oh oui, l'écrivaine ! » Violet, la femme au bob gris chic, s'enflamma.

– J'ai hâte d'entendre parler de vos aventures, chérie. Votre travail semble fascinant. Et vous êtes si bronzée ! »

Dash me serra subtilement la taille et je pensai au moment où ils avaient découvert mes lignes de bronzage.

Je sentais mes joues rougir même si je ne rougissais habituellement jamais. Je pris une gorgée d'eggnog pour le cacher, je l'espère, mais les femmes étaient astucieuses.

« Oui, j'étais au Mexique.

— Comme c'est charmant, dit Mme Wray. Et impressionnant. J'ai vu l'article que vous avez écrit sur le recul des glaciers en Alaska. Fascinant. Ça me donne envie de planifier un voyage pour les voir avant leur disparition. »

Cette femme savait tout de moi et de mon travail... ça voulait dire que ma tante parlait de moi. Et se vantait même de moi.

« Tante Louise vous en a parlé ? » Je jetai un coup d'œil à ma tante. Elle secoua la tête.

« Chérie, je parle de toi à tout le monde, mais c'était quelqu'un d'autre.

- C'était Jackson. Il a trouvé l'article sur internet et me l'a montrée, » dit Mme Wray.

Je ne pus pas m'empêcher de jeter un coup d'œil à Jackson. Il avait parlé de moi à sa mère ? Lui avait montrée un de mes articles ? Je ne savais pas quoi dire, alors je pris une autre gorgée. Le regard qu'il me lança était si prometteur.

L'autre femme plus âgée, Sally, tapa sur le bras de son amie. Son pull était couvert d'arbres de Noël avec des lumières clignotantes. C'était horrible et je supposais qu'il y avait des piles quelque part. Je n'avais jamais vu un pull aussi atroce.

« Silence, Bev, laisse-la répondre à la question. »

Son regard se fixa sur moi avec une intensité alarmante, mais je fronçai les sourcils parce que je ne me rappelais plus la question.

« Amenez-vous des garçons au mariage de votre sœur ? »

Avant que je ne puisse répondre, Mme Wray passa en donnant une tape dans le dos de Sally.

« Je sais que Jackson et Dash sont libres ce soir-là. »

Les autres femmes ricanèrent pendant que Jackson interrompait avec une patience exagérée.

« Tu ne sais même pas quelle est la date du mariage, maman. Mais bien essayé. »

Mes joues commençaient à chauffer. Tout le monde penserait que nous formions une espèce de couple. La nouvelle s'était vite répandue dans cette ville, et si ma mère l'apprenait, elle m'en parlerait à n'en plus finir. Cela lui donnerait encore plus de munitions pour me harceler et me pousser à revenir.

« On est juste amis, » j'ai vite rétorqué. Trop rapidement. Ça a dû paraître impoli. Le regard de tante Louise descendit jusqu'à ma taille où la main de Dash reposait de manière possessive, riant clairement.

« Bien sûr, ma chère. »

Puis Violet posa la question tant redoutée. « Êtes-vous de retour pour de bon alors ? »

Mon Dieu, non ! J'avalai ma réponse instantanée. Je regardais tante Louise et je m'attendais à ce qu'elle intervienne en ma faveur. Elle savait mieux que quiconque pourquoi je ne revenais pas plus souvent ici, mais elle me lança le même regard curieux, ses sourcils relevés. Elle ne me viendrait pas en aide.

« Elle est juste là pour le mariage, » dit Jackson. J'avais l'impression que Dash et lui savaient exactement à quel point je détestais cette question et ils avaient eu pitié de moi.

« C'est dommage, » répondit tante Louise. Elle secoua la tête comme si elle était vraiment désolée d'apprendre que je ne reviendrais pas. J'eus un petit rire bref, sans humour.

« Attention, tante Louise, on dirait ma mère. »

Elle leva un sourcil et, bien qu'il y eût un soupçon de rire dans son ton, ses yeux furent remplis de compassion. « Oh, ne dis pas ça. »

En se penchant, elle me serra le bras. « Je sais que ce n'est pas facile pour toi chez tes parents, mais tu peux toujours venir chez moi. »

J'ouvris la bouche pour refuser poliment, mais j'étais touchée par son offre aimable. Tante Louise avait toujours été ma parente préférée, mais m'offrir un foyer, c'était aller plus loin.

« Ou vous pourriez trouver un endroit à vous, dit Sally. Si jamais vous cherchez, appelez-moi. » En un rien de temps, elle m'avait mis une carte de visite dans la main.

J'y jetai un coup d'œil et vis qu'elle était agente immobilière. « Oh, eh bien, euh... »

« Maintenant, laissez cette pauvre fille tranquille, » dit Violet.

Je jetai un regard de gratitude à cette femme, mais avant que je puisse dire quoi que ce soit, elle reprit la parole. « Tu lui parleras des maisons à vendre plus tard. Il y a des hommes ici que je veux qu'elle rencontre. » Ma mâchoire s'ouvrit, mais Dash parla le premier.

« Je ne crois pas, Violet. Avery a suffisamment parlé pour ce soir. »

Je le regardai en état de choc. Honnêtement, je ne savais pas si je devais me sentir vexée par sa présomption ou soulagée par le fait qu'il veille sur moi. Après tout, ce n'était pas comme si je voulais être présentée à d'autres hommes. J'étais déjà occupée avec ces deux-là.

Mme Wray rit en levant les yeux au ciel. « Ne t'inquiète pas, Dash, elle n'essaie pas de piéger Avery, c'est clair comme de l'eau de roche, que Jackson et toi avez des vues sur elle. »

– Non, nous sommes juste amis » protestai-je à nouveau. Mais personne ne faisait attention.

« Bien sûr que non, clarifia Violet. Je voudrais juste qu'elle rencontre Rory et Cooper. Ils cherchent quelqu'un pour les aider à promouvoir leur entreprise d'hélicoptères pour les touristes en quête d'aventure et j'ai pensé qu'Avery pourrait avoir de bonnes idées comme elle est journaliste et qu'elle voyage beaucoup.

– Je, euh... »

Elle n'attendit je réponde. Violet m'attrapa par le poignet et commença à tirer.

Je regardai Jackson et Dash par-dessus mon épaule pour obtenir de l'aide, mais tout ce que j'eus, c'est un clin d'œil et un sourire.

« Ce sont des mecs sympas, dit Jackson, rassurant, alors que les femmes m'arrachaient de mon havre de paix.

– Tu les trouveras sympa aussi, » ajouta Dash. Ils connaissaient Rory et Cooper et ne pensaient pas qu'ils me dragueraient. Ils avaient raison. C'étaient des mecs sympa et je les aimais bien. De retour du Moyen-Orient, les vétérans étaient bien élevés et plus que polis alors qu'ils m'expliquaient leur entreprise et la façon dont ils voulaient se développer. Bien que je ne sois pas une experte en marketing, j'en savais plus que la plupart des gens sur l'industrie du voyage et avant de m'en rendre compte, je conseillais les deux chefs d'entreprise passionnés et intéressés sur la façon dont ils pouvaient proposer leurs services aux principaux magazines et sites web dédiés au voyage.

Après avoir écouté les critiques de mes parents au cours des deux derniers jours, j'étais heureuse que les gens prennent mon travail au sérieux. Non, ils me prenaient moi au sérieux. Ils me proposèrent même une pige si j'écrivais le genre d'article de fond dont je leur parlais.

« J'apprécie l'offre, mais je ne sais pas si je vais rester assez longtemps pour ça. Je suis désolée. » Et je l'étais. J'étais enthousiaste à l'idée de pouvoir parler de leur histoire personnelle et de leur business, mais je m'étais déjà engagée dans une mission au Brésil peu après le mariage de Jackie. Mon temps à Bridgewater était limité, c'est ce que j'avais prévu. J'avais appris il y a des années qu'il fallait toujours avoir un plan d'évasion lorsque je me rendais quelque part. Pourtant, je m'étais retrouvée à admirer Jackson et Dash, qui étaient restés à proximité pendant que je parlais, me laissant un peu d'espace pour converser avec les pilotes locaux, mais toujours suffisamment proches au cas où j'aurais eu besoin d'eux. Je n'avais jamais eu de personnes qui veillaient sur moi auparavant. Mais qui m'étouffaient, ça oui. Mais je n'avais jamais eu ce genre de considération généreuse et réfléchie de la part de deux hommes qui voulaient juste s'assurer que j'étais heureuse et en sécurité. Je me surpris à pousser un lourd soupir et pour la deuxième fois cette nuit-là, j'eus envie de rester. J'étais prête à fuir, à m'enfuir. M'échapper. Mais la fête était conviviale et je voulais passer plus de temps avec Dash et Jackson. Je ne voulais pas partir.

Moi ? Triste de dire au revoir ? Ce devait être une aberration. Peut-être que j'étais en train de tomber malade ou que j'avais été aveuglée par les ampoules sur le pull de Sally. Ou peut-être que cela faisait trop longtemps que je n'avais pas eu de bons rapports sexuels... une nuit d'orgasmes multiples m'avait rendue sceptique sur la vie dans une petite ville.

« Gardez ça en tête alors, dit Rory. Voulez-vous bien nous excuser ? Notre femme et notre fille se préparent à ouvrir les cadeaux. » Il montra du doigt une jolie femme blonde qui me semblait vaguement familière.

« C'est Ivy ? » Je vis les hommes gonfler leur torse de fierté en regardant la femme que j'avais connue au lycée. Bien que ces deux-là aient été dans la même classe que nous, je ne m'en souvenais pas. J'étais peut-être trop accro à Dash et Jackson pour voir quelqu'un d'autre.

« Oui, et notre fille, Lily. »

La petite fille ressemblait à sa mère. À la façon dont les hommes regardaient la femme et leur fille, il était évident qu'ils étaient amoureux.

« Allez-y, rejoignez-les. Amusez-vous bien, » dis-je, en les regardant se frayer un chemin et tous deux prirent un moment pour embrasser Ivy.

J'aurais bien voulu aller dire bonjour, mais je ne voulais pas les interrompre. Tout le monde a commencé à se rassembler et à échanger de petits cadeaux, alors je restai en arrière. Jackson et Dash avaient l'air d'être pris dans une conversation avec Sally et quelqu'un d'autre que je ne reconnaissais pas, mais leurs regards brillaient vers moi comme si j'étais un aimant qui les attirait irrémédiablement.

Les yeux noirs de Jackson rencontrèrent les miens et son lent sourire me fit trembler sur mes jambes. Merde, ils étaient sérieusement dangereux pour ma santé mentale et je ne pouvais nier l'attrait physique qu'ils exerçaient sur moi. Notre attirance réciproque. Mais comme j'avais un plan d'évasion et que j'avais dit clairement que je ne souhaitais rien de plus, j'étais dans l'incroyable position de pouvoir avoir le beurre et l'argent du beurre.

Et ce beurre métaphorique avait l'air délicieux. Ils avaient belle allure dans leurs chemises boutonnées et leurs jeans. Mais ils étaient encore plus beaux sans vêtements. Muscles ondulants, épaules larges, dos puissants. Peut-être que si j'étais très chanceuse - ou très coquine - j'aurais une autre chance de revivre ce spectacle merveilleux. Ils avaient dit que j'aurais une récompense. Deux, même.

La voix de ma tante derrière moi me fit redescendre sur Terre. « Tu vas rester plantée là toute la nuit à gémir devant tes cow-boys sexy ou tu vas t'amuser à la fête ? »

Je me mis à rire de ses paroles, me retournant pour lui faire un sourire triste. Elle avait raison. J'avais reluqué les gars.

« Je n'ai pas apporté de cadeau, lui dis-je en acquiesçant à l'échange des présents. Au cas où tu ne l'aurais pas remarquée, je n'étais pas vraiment prête à venir à une fête. » Je contemplais ma tenue trop décontractée, mais ma tante balaya mes inquiétudes en me prenant par la main et en me tirant vers la foule qui riait.

« Ne sois pas bête. Beverly ajoute toujours des cadeaux au cas où nous aurions des invités-surprise comme toi. En plus, ce sont surtout des cadeaux amusants de toute façon et tout ça n'est pas très sérieux. »

Une jeune et mignonne brunette s'agenouillait près de l'arbre et semblait en charge de la distribution des cadeaux. Elle me sourit quand tante Louise m'approcha d'elle.

« Hannah, je t'ai parlée de ma nièce, Avery, non ? Elle est en ville pour le mariage de sa sœur.

– Bien sûr, » dit la femme, à ma grande surprise. Elle sourit. « L'écrivain de voyage, c'est ça ? »

Je hochai la tête et tendis la main. « Voici Hannah, le nouveau médecin de la ville, » déclara tante Louise en guise de présentation. Et puis, comme si c'était tout à fait normal et approprié, elle se tourna vers le docteur avec un sourire malicieux.

« Ma nièce est en ville depuis une journée et elle a réussi à piéger les deux vétérans les plus sexy de tout le comté. »

Je savais pertinemment que mes joues étaient devenues rouge vif. « Tante Louise ! »

Hannah rit et me donna une tape sur le coude.

« Bien joué, Avery. »

Je me forçai à répondre à son clin d'œil exagéré. « Oh mon Dieu, je n'arrive pas à croire ce qui se passe dans cette ville. »

Hannah rit plus fort. « N'est-ce pas ? Au moins, tu as grandi ici. Venant de Californie, déménager à Bridgewater était comme découvrir un nouveau monde. »

Son attention semblait captée par deux hommes de l'autre côté de la pièce et son expression s'adoucissait doucement. « Parfois, j'ai encore l'impression que c'est trop beau pour être vrai. »

Manifestement, il s'agissait de ses maris. Grands et costauds, l'un d'eux fit un clin d'œil à Hannah. Ils étaient beaux, mais rien à voir avec Dash et Jackson.

Tante Louise se pencha, prit un petit cadeau et me le tendit. « Ouvre-le, » me dit-elle.

Le temps que je l'ouvre, Jackson et Dash étaient à mes côtés et les amis de Louise nous entouraient à nouveau. Ils étaient donc tous là pour voir ce que j'avais déballé.

« Est-ce que c'est... ? » lança Violet.

– Ce sont des vraies ? » demanda Sally.

Je regardais les menottes suspendues à mon doigt, trop surprise pour répondre.

Le rire d'Hannah brisa le silence. « Ce doit être la contribution de Declan aux rituels des cadeaux, dit-elle, se joignant à nous. Un de mes maris est flic et il aime offrir des cadeaux en rapport avec son métier. »

Je lui rendis son sourire, en les balançant d'avant

en arrière sur mon doigt avec un rire. « Qu'est-ce que je suis censée faire avec ça ? »

– Chérie, si tu ne sais pas, je ne peux pas t'aider, » répondit tante Louise dans un chuchotement à voix haute qui fit rire tout le monde, moi y compris.

Madame Wray se glissa entre son fils et moi. Passant son bras autour de ma taille, elle se tourna vers Jackson. « Ne dis pas que je n'ai jamais rien fait pour toi. »

Avant que je puisse lui demander ce qu'elle voulait dire par là, la femme plus âgée me saisit la main. Elle fut si rapide que je n'eus pas le temps de réagir. J'entendis le clic autour de mon poignet et sentis le métal froid. Je clignai des yeux. « Qu'est-ce que... ? »

Jackson me regarda par-dessus la tête de sa mère. Il avait l'air aussi choqué que moi.

Elle nous avait menottés, Jackson et moi, puis, en riant fort, elle avait attrapé ses amies dans leurs atroces chandails et s'en était allée.

« Ces femmes sont folles, murmura Dash, fixant nos mains attachées avec un rire à peine dissimulé.

– Amusez-vous bien, dit Hannah avec un grand sourire, me tapotant le bras et nous quittant aussi.

– Dash McPherson, ce n'est pas drôle, » dis-je, les dents serrées. Je tirai sur la menotte, ce qui ne fit que déplacer le bras de Jackson vers moi. Ce n'étaient pas une réplique, mais bel et bien de vraies menottes.

Je me tournai vers Jackson et vis que lui aussi avait du mal à ne pas rire. Je trouvais son humour contagieux et me mis à rire avec eux. « Il doit bien y avoir des clés quelque part par ici, non ? » Quand les gars secouèrent la tête, j'arrêtai de rire. Pas de clés ? J'étais menottée à Jackson Wray. C'était raté pour mon plan d'évasion.

7

ACKSON

Il y avait des clés. Bien sûr, il y en avait. Ma mère les avait glissées dans la poche de ma chemise avec une petite tape après qu'elle m'avait eu habilement menotté à l'amour de ma vie.

La subtilité n'avait jamais été un des points forts de ma mère.

Mais maintenant, alors qu'elle me regardait de l'autre côté de la pièce et me faisait un clin d'œil, je ne pouvais pas me résoudre à admettre que j'avais la clé. Dash devait le savoir - il avait surveillé les méfaits de ma mère et n'avait rien fait pour intervenir.

Quelque chose me disait qu'il était resté silencieux pour la même raison que je n'avais pas sorti la clé. Malgré ses méthodes de dingue, ma mère nous avait offert un cadeau. Plus de temps avec Avery sans aucune chance pour elle de s'enfuir.

Je l'avais observée ce soir et j'avais vu la façon dont elle s'était rapprochée des sympathiques, quoiqu'un peu étranges, habitants de la ville. Elle avait l'air de s'amuser. Mais j'avais aussi entendu son explication quand elle avait dit à Rory et Cooper qu'elle quittait la ville.

Plus que cela, j'avais vu le scintillement de soulagement dans ses yeux, mais aussi le soupçon de tristesse.

Elle était manifestement en conflit avec elle-même, et c'était un début. Nous avions peut-être réussi à lui donner la tentation de rester - ou du moins de revenir plus d'une ou deux fois par an - mais nous avions encore du pain sur la planche. Le fait d'avoir été menotté à elle m'avait certainement aidé.

Je regardai nos mains jointes. C'était l'occasion parfaite de rester près d'elle un peu plus longtemps. Alors, au lieu d'admettre la vérité, je haussai les épaules et lui tirai la main pour qu'elle soit bien serrée à mes côtés. « Je suis sûr qu'il y a une clé quelque part par ici. En attendant, c'est si terrible d'être coincé avec moi ? »

Ses lèvres s'entrouvrirent pour esquisser un drôle de petit sourire. « Je suppose que ce n'est pas si mal que ça.

– Hé, Merci. »

Dash se rapprocha, replaça une boucle capricieuse derrière son oreille et caressa sa joue bronzée avec ses doigts. « Je parie que nous avons une sorte d'outil que nous pourrions utiliser chez nous. » Son sourire était malicieux alors que son regard passait sur notre future femme. « Qu'en penses-tu, Jackson ? »

Je fis semblant d'y réfléchir et grattai ma barbe. « Je pense que tu as raison. » Me retournant vers elle, je me suis rapproché. « Qu'en penses- tu, chérie ? Tu veux revenir chez nous pour voir si on peut s'occuper de toi ? »

Ses yeux s'écarquillèrent d'amusement choqué.

Je souris. « Enlever les menottes, je veux dire. » Je me suis permis d'ajouter cela car je savais que j'avais toute son attention et qu'elle nous prenait au sérieux.

Sa tête retomba en arrière alors qu'elle riait, nous montrant la longue ligne parfaite de sa gorge. Ce rire me donnait très envie de la prendre dans mes bras et de l'embrasser, malgré le fait que nous étions dans la maison de ma famille et devant la moitié de la ville. Je me laissai aller à presser mes lèvres sur son front, ce qui était encore plus intime que prévu.

Quand elle répondit finalement, je vis la lueur sexy dans ses yeux et je poussai presque un gémissement.

« Ouais, ça pourrait être bien, dit-elle d'une voix rauque et enjouée. Allons-y »

Le trajet jusqu'à chez nous semblait sans fin, même s'il ne durait pas plus de dix minutes. Assise entre nous, notre femme était devenue fougueuse et joueuse dès le moment où nous avions été seuls dans le pickup. Sa main menottée glissait de haut en bas de ma cuisse, se rapprochant de plus en plus de ma queue. Je n'allais pas l'arrêter. Si elle voulait me toucher, elle le pouvait. J'étais douloureusement dur et si elle l'effleurait de ses doigts, j'avais peur d'éjaculer. J'étais très excité.

Nos manteaux étaient jetés sur nos épaules puisque nos mains étaient liées. Bien que le chauffage n'ait pas été allumé, j'étais pratiquement en sueur. « Putain de merde, chérie, » je gémis quand elle me caressa à travers dans mon jean. Je me raidis et expirai fortement. Un coup d'œil rapide me montra qu'elle soumettait Dash à la même douce torture. Alors que le pickup accélérait, je savais qu'il était aussi désespéré que moi de s'enfoncer en elle.

« Combien de temps avant qu'on arrive chez toi ? »demanda-t-elle.

– Tu mouilles pour nous, chérie ? demanda Dash, sa voix un grognement sourd.

– Je suis tellement excitée que je n'en peux plus, » dit-elle en se tortillant un peu sur son siège.

– Alors, tu veux un peu de S&M ?, ajouta-t-il.

– Hmm hmm. » Putain, c'était chaud.

Dash tendit la main et la glissa entre ses cuisses, la tenant bien en main. Elle écarta les jambes pour lui donner un meilleur accès. Je vis avec frustration Dash caresser sa chatte à travers le mince tissu de son pantalon. Putain, je ne pouvais pas attendre mon tour. Mais ma main était toujours attachée à la sienne et il était hors de question que je retire sa paume de ma bite. Ses petites caresses étaient une torture, mais je ne pouvais pas y renoncer.

Elle se cambra et sa veste retomba sur ses épaules. Ses seins tendaient le tissu de sa chemise. « Sommes-nous presque arrivés ? Je ne peux plus attendre très longtemps »

Dash me regarda en souriant. Je pouvais dire sans risque de me tromper qu'aucun d'entre nous n'avait jamais rencontré une femme qui embrassait sa sexualité à ce point. Et apparemment, une paire de menottes ne faisait que rendre notre fille encore plus folle. Je vis la main de Dash serrer plus fort sur sa chatte.

« Tu te sens coquine, poupée ?. »

Sa réponse fut un gémissement. Ses lèvres se séparèrent et ses yeux se fermèrent lorsqu'elle releva ses hanches pour les appuyer sur sa paume. Ses propres mains nous caressaient tous les deux, s'assurant que nous étions prêts - non pas que nous eûmes besoin d'aide pour cela. Lorsque nous arrivâmes à notre maison en bordure de la ville, nous respirions tous les trois très fort et étions prêts à jouir. J'aidai Avery à descendre, je pris sa main dans la mienne et courus pratiquement vers le porche. Dash avait ouvert la voie, ouvrant les portes et dégageant le chemin. Une seconde plus tard, nous étions tous sur mon lit. Je l'embrassai en la prenant sous moi, en faisant attention à nos poignets attachés. Elle était souple et douce, impatiente. Mon genou glissa entre les siens, je bougeai, à moitié sur elle. Avec toute son ardeur et la nuit sauvage que nous avions eue à Minneapolis, je dus me rappeler qu'elle était beaucoup plus petite que nous deux. Je savais qu'elle ne casserait pas, je devais quand même faire attention. Elle-même dut ressentir ma retenue. Tournant la tête pour interrompre le baiser, elle demanda : « Qu'est-ce qui ne va pas ? Je veux dire... tu es timide ou quelque chose comme ça ?. »

Chaque respiration qu'elle prenait soulevait ses seins dans sa poitrine et je sentais leur douceur, même à travers nos vêtements.

« Je suis tenté, j'admis.

– Pourquoi ? Un petit V s'était formé sur son front.

– Parce que j'aime le fait que nous soyons menottés ensemble. Que tu sois à ma merci. Ce que j'ai envie de te faire... »

Je repoussai ses cheveux une nouvelle fois tout en la fixant. Putain, elle était magnifique. Ses lèvres étaient rouges et brillantes, ses joues roses.

« C'est à dire ? » demanda-t-elle, sa voix à peine un murmure. Sa main libre se leva, caressa ma barbe et je penchai la tête dans sa direction.

« Au lieu de te menotter à moi... » Je déplaçai mon poids sur mon autre jambe, tendis la main dans la poche de ma chemise pour en sortir la clé. Alors que j'aimais savoir que nous étions liés, je voulais un engagement total. Bien sûr, nous l'avions forcée à se coucher, mais je n'allais pas la garder sous la contrainte. Je ne voulais pas être avec elle avec un mensonge au-dessus de nous deux ou autour du poignet. Elle devait être dans notre lit avec nous à cent pour cent. Le fait de savoir qu'elle était à fond faisait toute la différence. « Je veux juste que tu sois menottée. »

Elle la regarda, la bouche ouverte. « Tu l'as depuis le début ? »

– Depuis que sa mère l'a glissée dans sa poche, ajouta Dash, assis sur le côté du lit.

– Mais...

– On te veut, poupée.

– Tu étais dans le coup ? » demanda-t-elle en remuant son poignet.

Je m'agrippai le poignet, mis la clé dans le serrure et tournai. La menotte s'ouvrit facilement.

« Dans le coup fourré de ma mère ? Bon sang, non. Elle a trouvé ça toute seule.

– Ou avec tante Louise. Je suis sûre qu'elle n'a pas choisi le cadeau de Declan par hasard. » Dash rit.

« Tu as probablement raison. On dirait qu'il y a plein de gens qui veulent qu'on se retrouve au lit ensemble. » Avery jeta un coup d'œil de côté. C'était un peu gênant de penser à ma mère et à ses amis essayant de nous aider, Dash et moi, dans notre vie amoureuse. Mais Avery était dans mon lit, donc ça avait marché. C'était maintenant à nous de la garder avec nous. Et pour cela, nous avons dû lui donner l'opportunité de faire son choix par elle-même.

« Ce que nous faisons dépend de toi. »

Quand son regard croisa le mien, je continuai.

« Tu veux qu'on te ramène chez toi ? Nous le ferons. Tu veux regarder un film sur le canapé ? Nous le ferons. C'est toi qui décides.

– Nous te voulons, répéta Dash. De n'importe quelle façon.

– Et les menottes ? demanda-t-elle. Tu as dit que tu voulais me menotter. Qu'est-ce que t'en dis ?. »

Ma bite était dure dans mon pantalon et je dus la déplacer pour être plus à l'aise.

« J'aimerais que mes poignets soient menottés ensemble. » Je donnai la clé à Dash, qui se pencha et la plaça sur la table de nuit à côté de la lampe.

« Tu pourras en sortir à tout moment et nous te libérerons en quelques secondes.

– Au début, poupée, on te menotte parce que je veux que tu te penches sur le rebord du lit. On n'a pas assez joué avec ton cul. »

Dash brandit un tout nouveau plug anal et une petite bouteille de lubrifiant. Il sourit.

« Je suis allé faire des courses aujourd'hui »

– Tu veux dire que...

– Oui, dit-il, ne la laissant pas finir. Ensuite, quand ce plug sera bien au fond de toi, nous te renverserons, t'attacherons à la tête de lit et ne te libérerons que quand tu auras joui au moins deux fois. »

Elle se tortillait maintenant et je pouvais voir le contour dur de ses tétons à travers ses vêtements. « Deux fois ? demanda-t-elle. Je pensais que tu avais dit que j'aurais une récompense. »

Putain, oui. Elle était juste là avec nous.

« Tu pensais à quoi comme récompense ? » m'enquis-je.

Elle posa sa main sur ma poitrine, la glissa sur mon ventre et je pris une inspiration. « Toi, nu. Pour commencer.

– Maintenant ? » demandai-je.

Elle acquiesça et se mordit la lèvre.

Je me levai et déboutonnai lentement ma chemise, puis enlevai mon pantalon. Dash était de l'autre côté du lit, il avait déjà retiré son caleçon et saisit son sexe dans la main.

Elle s'assit pendant qu'elle nous observait. Je n'avais jamais été aussi dur et elle était juste assise dans mon lit, tout excitée et intéressée. J'enlevai mon boxer, libérant mon sexe, et regardai Avery.

« Et après ? » demandais-je, en saisissant la base de mon sexe et en glissant ma main vers le haut. Je sentis une goutte de liquide séminal dans la paume de ma main et cela rendit le coulissement vers le bas plus simple. Je poussai un sifflement. C'était bon, mais je voulais sa chatte parfaite. Elle jeta un coup d'œil au lubrifiant et au plug anal sur la couverture.

« Alors fais ce que tu veux.

– Ce qu'on veut ? » demanda Dash, confirmant sa question.

Elle se mordit la lèvre et hocha la tête.

« Dis-le, poupée. Dis-le que tu nous donnes le contrôle. Qu'on fera ce qu'on veut, mais tu pourras nous arrêter quand tu le souhaites.

– Je vous donne le contrôle, » répondit-elle.

Je jetai un coup d'œil à Dash. Le jeu commençait.

« Avant de fermer les menottes, enlevons cette chemise. A genoux. »

Elle se leva rapidement et Dash l'aida à sortir de son haut, en passant soigneusement les menottes à travers sa manche. Je continuai à regarder, en caressant ma bite pendant qu'il l'aidait à enlever son soutien-gorge, aussi. J'admirais la lingerie noire, mais je préférais voir ses seins. Dès qu'elle fut nue jusqu'à la taille, Dash prit ses poignets dans sa main et la regarda droit dans les yeux.

« Prête ? demanda-t-il.

– Oui, répondit-elle.

– C'est bien. » Avec des doigts habiles, il mit ses mains derrière son dos et j'entendis le clic des menottes.

Il recula et nous la regardâmes. Ses seins étaient retournés, les pointes roses et tendues se dressant vers nous.

« Ils ont envie qu'on s'occupe d'eux, n'est-ce pas ? » lui demandai-je en m'agenouillant devant elle et en prenant un téton dans ma bouche.

« Heureusement que nous sommes deux, chérie. Tu ne voudrais pas qu'on en néglige, un. dit Dash avant de se pencher et de prendre l'autre entre ses doigts, tirant et jouant.

– Oh mon Dieu » murmura-t-elle.

Je la sentis remuer sa main dans les menottes, j'entendis le grincement du métal alors qu'elle gémissait. Je souris contre sa peau douce alors que je passais ma langue contre le bout dur, le pressant contre le palais de ma bouche pendant que je suçais.

Nous étions implacables, doux, puis un peu durs avec elle, mais nous ne faisions attention qu'à ses seins. Je l'embrassais le long de la courbe inférieure, je trouvai une petite tache de rousseur, je descendis en voyant la ligne de bronzage. Je reculai pour regarder son visage quand Dash la prit à son tour dans sa bouche. Ses yeux étaient fermés et ses cheveux pendaient le long de son dos.

« Encore, ma chérie ?

– Je vais jouir si tu continues comme ça. »

Dash recula et la regarda.

« Vraiment ? demanda-t-il. J'adore les défis. »

Elle gémissait et se déplaçait, ses seins se balançaient. Ses tétons étaient durs et brillaient de notre salive. Son sein droit était légèrement irrité par les poils de barbe.

« Et tu portes toujours ton pantalon.

– Mais on ne veut pas qu'elle jouisse tout de suite, n'est-ce pas Dash ? »

Dash arqua un sourcil et sourit. « Non.

– Quoi ? gémit-elle.

– C'est nous qui contrôlons la situation, n'est-ce pas ? » demanda Dash.

Elle pinça ses lèvres, assit ses fesses sur ses talons.

« Oui, mais ça ne veut pas dire que je t'aime bien, toi ou ta fossette, » murmura-t-elle.

Dash rit et lui prit le haut du bras, l'aidant à se remettre à genoux.

« Descends du lit, poupée. » Il l'aida à descendre sur le sol en bois.

Je vins derrière elle et posai mes mains sur ses hanches et baissai le tissu extensible de son pantalon de yoga au niveau de ses hanches. « Pas de culotte, observai-je. Tu étais à la fête de Noël de mes parents sans culotte ? »

Elle me regarda par-dessus son épaule. « Je t'ai dit que je n'étais pas habillée pour l'occasion.

– Coquine, » lui dis-je en la retournant pour qu'elle soit face au lit pendant que Dash attrapait un oreiller, le posait sur le rebord pour que, lorsque je lui posai une main sur le dos et qu'elle se penche, ses hanches soient relevées. Putain, les marques de bronzage sur son cul étaient magnifiques, aussi. « Et tu dois être punie.

– Quoi ? Pourquoi ?. » Elle essaya de se relever, mais avec ses mains derrière elle, il était facile de la garder en place.

« Tu nous as laissés tomber dans le Minnesota sans nous dire au revoir. Sans nous parler, » dit Dash. Sa paume retomba sur son cul retourné avec un léger bruit de fessée. Rien de bien méchant, mais une empreinte de main rose vif apparut presque immédiatement.

« Hé ! » sursauta-t-elle en se tortillant les hanches.

– A mon tour, » lui dis-je, en ajoutant mon empreinte de main sur son autre fesse bien ronde. Je laissai ma paume là, frotté la peau chauffée. « Tu ne vas pas pouvoir t'enfuir, poupée. »

Dash lui redonna encore une fessée.

– D'accord, d'accord, répondit-elle en tournant la tête pour qu'elle puisse nous regarder.

– D'accord, » répétai-je, glissant ma main vers le bas et sur sa chatte. Putain, elle était trempée.

Elle gémit et ferma les yeux.

Je me glissai facilement à l'intérieur et les parois de son vagin se crispèrent alors qu'elle gémissait à nouveau. Mon sexe était formidablement dressé, mais ce n'était pas encore le moment. En sortant, j'entourai son clitoris, doucement, avec précaution alors que Dash saisissait le lubrifiant et le plug anal.

« Tu as déjà eu pris un plug ? » demanda Dash étalant le liquide transparent sur l'extrémité du sex-toy.

« Oui, » murmura-t-elle.

Frottant ses doigts ensemble, il les enduisit avec un peu de lubrifiant, puis trouva son ouverture intime.

« Doucement, chérie. Je vais d'abord te préparer pour le plug. Juste mon doigt. »

Je me mis à genoux pour pouvoir continuer à jouer avec son clitoris alors que Dash commençait à utiliser le lubrifiant autour de son cul, traçant des cercles et appuyant un peu, avant d'ajouter du lubrifiant. Je ne pouvais pas rater la façon dont mes doigts étaient brillants alors qu'ils entraient et sortaient d'elle. Elle aimait que nous jouions avec elle, tout comme la nuit dans la chambre d'hôtel.

Mais maintenant, nous allions aller plus loin avec elle et, espérons-le jusqu'au bout. La totale.

Alors que Dash glissait son doigt en elle et insérait avec précaution l'extrémité du plug, elle se raidit. Mon pouce était couvert de son jus et je commençai à caresser son clitoris avec un peu plus d'attention. Il ressemblait à une perle et je savais, à la seconde où elle se détendait et gémissait, que cela lui permettait de ne pas penser à ce que Dash lui faisait.

Il était prudent, patient et enfonçait le plug avec précaution. Je vis son anus serré s'étirer jusqu'à ce que la partie la plus large du plug soit enfoncée, jusqu'à ce qu'il soit bien calé dans son cul.

Avery haleta, puis s'effondra.

« C'est bien, » dit Dash en caressant son cul bien rose avec sa main. Je lui fis un signe de tête avant qu'il ne se rende dans la salle de bain pour se nettoyer.

Je me mis debout pour me placer juste derrière elle, lui donnant de légères tapes pour qu'elle écarte ses pieds. Avec une main sur le lit juste à côté de son épaule, je me penchai vers l'avant en alignant mon corps sur le sien et l'embrassai dans le cou et l'oreille.

« Bientôt, nous serons tous les deux en toi. Pas de plug. Juste nos bites. Qui aura droit à ton cul, Dash ou moi ? » murmurai-je.

Elle sourit paresseusement, les yeux encore

fermés. Elle était si petite, si chaude, si parfaite en dessous de moi. Ma queue en voulait encore, bien en elle, enduite de son désir. Dash revins, jeta une longue bande de préservatifs sur le lit.

« Prête pour nos queues ? demandai-je.

— S'il vous plaît, dit-elle. S'il vous plaît, s'il vous plaît. »

Je me penchai un peu plus en avant pour pouvoir l'embrasser alors que Dash déchirait un emballage et déroulait un préservatif. Je me retirai du lit pour que Dash puisse prendre ma place. J'avais les couilles endolories à l'idée de m'enfoncer en elle. Son parfum dans la pièce et sur mes doigts me mettait l'eau à la bouche et me donnait envie d'écarter Dash pour pouvoir la goûter. Au lieu de cela, je pris un préservatif et regardé Dash s'enfoncer lentement en elle, en faisant attention au manche violet du plug juste au-dessus. Regarder sa chatte le prendre en profondeur, sachant à quel point elle devait être étroite, mouillée, me faisait serrer la base de ma bite pour m'empêcher de jouir. Avec une main sur la chaîne qui liait ses poignets menottés, Dash commença à bouger, en poussant ses hanches profondément, puis en reculant. Les yeux d'Avery étaient fermés, sa bouche ouverte. Elle courbait le dos pour prendre Dash autant qu'elle le pouvait.

« Comme ça ? » ai-je demandé.

« Mon Dieu, oui, » dit-elle encore. « Plus. » Dash sourit en la prenant plus vite. Plus fort. En quelques minutes, la sueur coulait de son front. « Je vais jouir ! » cria-t-elle. « Merde, elle étouffe ma queue. Je ne peux pas attendre, poupée. Tu es trop bonne. » Dash ferma les yeux, serra la mâchoire, plongea profondément et se mit à grogner. Je pris la clé sur la table et attendit. Ses râles continuèrent même après que Dash se fut soigneusement retiré, tout en tenant la base du préservatif. Offrant un sourire très satisfait, il se tourna vers la salle de bain. Enfoiré. Je penchai en avant, et déverrouillai les menottes. « Attention. Laisse-moi t'aider, » lui dis-je en la pliant sur ses genoux, en lui frottant le haut des bras et les épaules. « Tu as mal ?. » Elle me regarda d'un air rêveur. Je sentis le manche du plug contre ma cuisse. Et son jus de désir. Elle dégoulinait encore. « Non. » « Tu en veux encore ?. » Elle me sourit comme si elle était droguée. Ses joues étaient rouges, sa peau était si chaude. Douce. Parfaite. « Hmm hmm. » Oui, c'est ce que je pensais.

Notre femme était toujours prête.

8

VERY

Waouh. Je n'aurais jamais imaginé que j'aimais être attachée. Enfin, pas vraiment attachée. Menottée. Et pas avec des menottes en fourrure. Au début, j'avais été stupéfaite que Mme Wray m'ait attachée à son fils sans me laisser une porte de sortie ; j'avais même paniqué l'espace d'un instant. Mais ça n'avait pas dérangé Jackson. Surpris, oui. Quel genre de mère attacherait intentionnellement son fils à sa prétendante ?

Mais après avoir quitté la fête, l'idée de faire des folies avec les garçons m'avaient rendue vraiment excitée. Tellement excitée que je les avais chauffés dans le pickup. Ouais, je m'étais montrée entreprenante, mais c'était Jackson et Dash et je me sentais à l'aise avec eux. Ils ne me jugeaient pas, ne me prenaient pas pour une traînée parce que je savais ce que je voulais exactement et faisais en sorte de l'obtenir.

Eux.

Mais quand Jackson avait sorti la clé de sa poche, j'avais été encore plus étonnée. Ils me laissaient le choix. De décider seule comment se déroulerait la nuit. Ils voulaient m'attacher. Leurs queues bien raides étaient la preuve qu'ils aimaient l'idée de m'avoir à leur merci. Mais ils ne le voulaient que parce que j'y consentais, pas à cause d'une mère entremetteuse.

Jackson et Dash ne jouaient les dominants que parce que j'acceptais de me soumettre. Ils y avaient mûrement réfléchi. Ils me voulaient encore et ils avaient échafaudé un plan. Pleins d'espoir. La clé était l'allégorie de ma décision. Pas seulement la clé, mais aussi le plug dans mon cul.

Si tant est qu'il y ait une décision à prendre.

Je les voulais. Je voulais qu'ils me laissent les menottes et qu'ils me prennent comme bon leur semble. Ce qu'ils avaient fait.

Mais ce n'était pas fini. Loin de là.

Jackson agrippa ma taille et me tourna de sorte que je me retrouve allongée sur le dos dans le lit et qu'il surgisse au-dessus de moi. J'enroulai mes jambes autour de sa taille, les pieds vissés dans le sol. En un seul mouvement, j'étais sur le bord du matelas et lui bien profond en moi.

La sensation était différente de celle de Dash, il bougeait différemment. Me touchant à sa manière. Jackson était plus doux, mais insistant. Sa façon de me prendre, de bouger et d'onduler ses hanches comme s'il savait exactement quel angle choisir, à quelle vitesse agir. Il décrivait des cercles avec ses hanches et appuyait sur mon clitoris à chaque fois qu'il s'enfonçait en moi. Il frappait aussi contre la base du plug anal, comme l'avait fait Dash avant lui.

Je pouvais sentir son souffle contre mon cou, sa barbe picotant ma peau sensible. Tout ce qu'il touchait prenait vie. En s'appuyant sur ses avant-bras, il appuya sa poitrine contre la mienne, mes tétons devenant de petits points durs contre sa peau. Nos corps étaient transis de sueur, mes tétons envoyant des signaux excités à mon clitoris.

« Jackson, oui. Encore.

– Chut, je sais ce dont tu as besoin. » Il m'embrassa dans le cou, léchant le point sensible derrière mon oreille pendant que je m'accrochai à lui. Je sentais chaque mouvement fourni par les muscles de son dos et quand mes mains descendirent le long de ses reins pour se refermer sur ses fesses, oh mon dieu. J'étais sur le point de jouir.

C'était si bon. Putain, tellement bon. Ma tête s'écrasa sur le matelas alors qu'il accéléra le rythme. Plus fort. Plus profond. Avec ses pieds sur le sol et une main sur mon épaule, il avait une force incroyable. Il était si gros, la tête de son énorme queue percutant le fond de ma chatte. Je soufflai au rythme de ses mouvements.

« Jackson, je... humm, oui. Encore. Je ne peux—»

J'y étais presque, mais pas là. Il me fallait autre chose, mais il y avait déjà trop de sensations. Sa bouche contre mon cou, sa bonne grosse queue, la sensation profonde du plug anal, la pression exercée par son corps contre le mien.

Soulevant son poids, il avança sa main et tira sur le plug.

Mes yeux s'ouvrirent de plaisir et je le regardai droit dans les yeux. Il souriait bien que je puisse lire la tension sur son visage. Ses yeux sombres semblaient presque noirs, son visage rougi.

« Tu aimes ça, non ? »

Je me contentai de hocher la tête, incapable de formuler de vrais mots. Toute mon attention était rivée sur le plug anal avec lequel il me baisait, stimulant cet anneau musculaire, réveillant chaque terminaison nerveuse.

« Quand tu seras prête, on te prendra tous les deux. Ce sera un peu comme ça. Mais en mieux, » promit-il.

Je sentis le poids de Dash faire ployer le lit quand il se pencha sur un coude pour me caresser les cheveux. « Je ne serai pas là, ma chérie, je serai derrière toi, ma bite bien profond dans ton petit cul pendant que Jackson remplira ta chatte. »

Je fermai les yeux parce que c'est ça que je voulais. Mon dieu c'était... oh !

Il sortit complètement le plug et je jouis, arquant mon dos, mes talons s'enfonçant dans les fesses de Jackson. Il remit le plug à l'intérieur de mon cul.

Je criai.

Jackson ralentit. Grossit. Grogna. Jouit.

C'était trop. Ils étaient trop. La seule chose que j'entendis avant de sombrer dans le sommeil fut la voix de Dash murmurant un compliment. « Bonne petite fille. »

———

J'AVAIS DÛ m'assoupir après ce dernier orgasme épique parce que l'instant suivant, je battais des paupières en me réveillant dans une chambre obscure. Jackson d'un côté et Dash de l'autre.

Ils ne dormaient pas.

Je luttai pour m'asseoir. « Quelle heure il est ? »

Je pris une profonde inspiration avant d'expirer longuement et de chercher une horloge. La pièce était sombre, la lumière du couloir apportant une pâle lueur.

Dash me rallongea pour que je me blottisse à nouveau entre eux deux. Je ne me souvenais même pas des couvertures qu'on avait posées sur nous. Jackson m'avait offert l'orgasme parmi les orgasmes. En avais-je perdu connaissance ?

« Il n'est pas si tard mais nous ne voulions pas te réveiller, dit-il. On y a été un peu fort. »

J'étais un peu irritée, mais étrangement, c'était agréable. La douleur au fond de ma chatte et la douce brûlure sur mon cul étaient là pour me rappeler ce qu'ils m'avaient fait. Ce que je les avais laissés faire.

« Ce ne serait pas un adage de cowboy, 'Bien baisée et couchée mouillée' ? » demandai-je.

Une main se glissa le long de ma cuisse, entre mes jambes.

« On t'a bien baisée— murmura Jackson, —et tu es clairement mouillée. »

La sensation de ces doigts délicats me fit courber l'échine. J'avais été bien baisée et vraiment un peu irritée, mais pas assez pour chasser sa main. Je me fondis dans son geste, ma chatte s'éveillant instantanément comme si elle reconnaissait son doigté.

Mon corps connaissait ces hommes, voulait ces hommes, malgré le fait que mon cerveau me crie de prendre mes jambes à mon cou.

Baiser, c'était dans mes cordes, mais les câlins après ? S'embrasser ? Profiter les uns des autres dans la pénombre ? Ce n'était pas vraiment mon truc. Mais pour autant que j'essaye de m'en convaincre, mon corps avait d'autres envies qui impliquaient deux très grosses queues. J'écartai un peu plus les jambes.

J'étais la femme la plus chanceuse parce que j'étais entourée de deux hommes. Ils étaient séduisants, intelligents, gentils et savaient exactement comment me faire jouir.

Il m'était difficile de lutter contre la douce sensation de deux hommes occupés à me câliner, me dorloter. Et à me mettre des doigts.

Je relevai les bras par-dessus ma tête pour m'étirer et arquer le dos sous leurs caresses joueuses. Ma main rencontra un objet dur et froid. Les menottes. Je les laissai balancer au bout d'un de mes doigts et tournai la tête de part et d'autre pour regarder chacun de mes hommes. Les mains entre mes mains jambes s'immobilisèrent.

« Je n'arrive pas à croire que vous m'ayez laissé penser que j'étais prisonnière de ces choses. »

Jackson sourit sans aucun remords. « Ça a marché, non ? Je t'ai emmené au lit avec nous.

– Je n'avais pas besoin d'être menottée à qui que ce soit.

– Mais ça t'a plu. De savoir que tu étais coincée avec moi. Et ensuite, attachée et à notre merci. » Jackson décrivit des cercles autour de mon clitoris. « La pointe de mes doigts est mouillée. Rien que d'en parler, tu mouilles déjà pour nous.

– Non, je suis mouillée pour vous... *mais*. Cela a marché parce que vos bites sont énormes, » dis-je. Feignant un haussement d'épaules, je fis de mon mieux pour avoir l'air contrariée. D'autant que leurs grosses bites n'étaient pas un problème.

« Ça a marché parce que tu aimes être attachée, ajouta Jackson. Tu aimes que deux hommes te dominent, te disent quoi faire. De baiser jusqu'à t'évanouir. »

Jackson sortit la main du dessous des couvertures,

se lécha les doigts qui avaient été enfouis en moi. Mon dieu que c'était chaud. »

Dash me prit le menton et me retourna pour que je le regarde. Ses doigts étaient doux, la longue ligne de son corps était aussi dure que chaude. « Tu as dû comprendre par toi-même que nous ferons tout ce qu'il faut pour te garder avec nous. Même si cela implique d'utiliser des menottes. »

Impossible de manquer son regard sombre. Il était trop intense. Trop honnête. Même Jackson semblait inhabituellement stoïque et attendant ma réponse.

Ils étaient sérieux. En parlant de moi. En parlant de nous.

La panique m'avait amenée à me redresser une nouvelle fois. Ce n'était pas que de la panique à l'idée de deux hommes qui me désiraient—et croyez-moi, en tant que native de Bridgewater, je savais exactement ce que ça impliquait. Non, ce qui faisait battre mon cœur, était l'étrange sensation de manque qui s'insinuait dans ma poitrine. Ils me voulaient… et c'était comme si une partie de moi était tentée de les vouloir également. Et pour plus qu'une nuit de folie. Et pas besoin de menottes. Et ce n'était pas que mon vagin qui le pensait.

Putain. Ça ne faisait pas partie du plan. Je n'étais là que pour deux jours. Après quoi, je quitterais

Bridgewater, comme toujours. Aussi tentant que ce soit, ce n'était pas mon projet. *Ils* ne faisaient pas partie de mon projet.

Mais la nuit n'était pas terminée et je ne voulais pas m'aventurer sur ce terrain-là. Ils n'avaient pas abordé le sujet alors pourquoi devrais-je ruiner une nuit parfaite en parlant d'avenir ? Surtout qu'il n'y avait aucun avenir. Pas pour nous en tout cas.

Ils me regardaient avec inquiétude certainement après que j'ai bondi comme un diable hors de sa boîte. Ils avaient peut-être pris le contrôle auparavant mais j'étais maître de mon destin. Et je le vivais au jour le jour. Et cette nuit, je resterais entre eux deux.

Je tournai mon visage vers eux avec un sourire malicieux, tout en agitant les menottes du bout du doigt. « Dîtes-moi les garçons, pouvez-vous trouver un autre moyen de me contrôler sans avoir besoin de m'attacher ? »

Les sourires qu'ils me servirent en guise de réponse étaient chauds comme la braise.

« Tu veux qu'on reprenne le contrôle ? » demanda Dash, les joues creusées par ses fossettes.

Je me mordis la lèvre et hochai la tête.

Dash repoussa les couvertures vers le pied du lit et agrippa sa queue. « Suce-moi ma chérie, pendant que Jackson te prend par derrière. »

J'écarquillai les yeux à ces mots cochons. Vraiment cochons. Jackson s'avança, attrapa le lubrifiant et une autre capote sur la table de chevet.

Et malgré son ton dominateur, il me fit un clin d'œil. Ouais, bien qu'ils veuillent prendre le contrôle, c'est moi qui avais le pouvoir. Je voulais faire ça avec eux. Non, je les voulais eux. Alors je me mis à genoux et me soumis. Toute la nuit.

9

 VERY

Deux coups d'un soir avec les mêmes garçons. C'était un record. Des hommes, un pluriel, certes, mais c'était la répétition qui était exceptionnelle. Ils me déposèrent chez mes parents en se rendant à leur clinique vétérinaire. J'avais espéré que mes parents seraient déjà partis travailler afin d'éviter les questions atrocement personnelles qu'ils ne manqueraient pas de poser sur mes activités nocturnes.

Ils étaient à la maison, et se disputaient.

«—fais-le au moins quelque part où personne ne

te connait, » disait ma mère, d'une voix amère. Assez forte pour être entendue depuis la cuisine.

Je refermai doucement la porte d'entrée derrière moi et enlevai mon manteau.

« Je t'en prie, répliqua mon père. Tout le personnel de l'hôtel de la 7ème sait que tu as un petit copain. »

Maman rit comme si cela l'amusait. « Un petit copain ? Lui au moins, il a l'âge légal. »

Je retirai une de mes bottes et grimaçai quand elle tomba sur le tapis dans un bruit sourd. Les querelles s'arrêtèrent et ils entrèrent tous deux dans le salon.

« Mais où étais-tu ? demanda ma mère. Elle portait un pantalon et un pull, mais elle ne s'était pas encore maquillée et ne portait pas de bijoux.

Mon père portait sa tenue de travail à l'exception de ses chaussures qui étaient sur le tapis à côté de mes bottes—il tenait une tasse de café. Le parfum de celle-ci était la seule chose réconfortante dans la maison. Pas d'arbre de Noël, pas de feu dans la cheminée. Aucune chaleur n'émanait d'où que ce soit. Pas même de mes parents.

Mon dieu, je ne me souvenais même pas de la dernière fois qu'ils m'avaient prise dans leurs bras. Mme Wray l'avait fait au moins cinq fois durant la soirée de Noël et je venais à peine de la rencontrer. Le père de Jackson m'avait aussi enlacée. Ils souriaient, ils étaient chaleureux et accueillants. Ils ne jugeaient pas. Ils m'aimaient bien parce que Jackson m'aimait bien.

Ils respectaient leur fils et l'aimaient de manière inconditionnelle. Dash aussi.

Et pourtant mes parents étaient de parfaits étrangers pour moi. Des étrangers qui connaissaient mon passé. Un passé que j'aimais à peine.

« Je vous l'ai dit, j'avais un rendez-vous.

– Toute la nuit ? » demanda mon père. Son ton était résolument accusatoire et cela me fit hérisser le poil.

« Je n'ai plus seize ans, Papa. » Je retirai ma seconde botte dans un bruit sourd.

Il renifla. « Pour autant, tu as une réputation à tenir. »

Très bien, maintenant j'étais en pétard. J'étais fatiguée. Tous les bénéfices d'une folle nuit de baise s'étaient envolés. Je n'avais pas encore pris de café et mon père m'accusait de *ruiner* ma réputation ? Je me mordis la lèvre avant de dire quelque chose que je pourrais regretter.

« Nous devrions parler, dit ma mère en regardant mon père.

– Mon dieu, Marla, répliqua-t-il. Tout le monde va parler de l'attitude inconvenante d'Avery au mariage de Jackie. »

J'accrochai mon manteau au crochet en levant les yeux au ciel. *Attitude inconvenante ?*

« Ta secrétaire n'est pas sur la liste des invités ? siffla-t-elle, et je compris que sa secrétaire était sa dernière conquête.

– Je vais prendre une douche, » dis-je, ce qui les fit tourner la tête vers moi. J'eus le temps de faire trois pas avant que ma mère ne lève la main.

« J'ai accroché ta robe pour le mariage dans ton placard. Assure-toi qu'elle te va bien comme tu étais au Mexique ou au Mozambique pendant les essayages. Nous voulons que les photos de famille soient réussies.

– Famille ? Tu veux que les photos de famille soient réussies, » répétai-je, d'un ton incrédule. Pourquoi ? Pour continuer à faire croire que tu as un semblant de famille, Maman ? Tu n'en as que faire de moi, ou de mon travail. Ou de ce qui me rend heureuse. »

Les sourcils de ma mère n'étaient plus qu'une ligne sombre. « Et comment ? Tu n'es jamais là.

– Il suffit de demander, Maman. Par email, par appel vidéo, par téléphone. Ça ne devrait rien changer d'être dans la même ville. »

Je pensai à Dash et Jackson. Ils me voulaient peu importe le lieu et la manière. Sans attaches.

Ils me comprenaient, savaient ce qui me faisait bisquer après seulement quelques jours alors que mes parents n'en avaient *toujours* aucune idée.

« Tu es là maintenant, » rétorqua-t-elle. A part ses lèvres retroussées, elle ne montrait aucun autre signe de colère. Elle avait des années d'expérience avec Papa. « Ton père a raison. Tu ne devrais pas rentrer avec les vêtements que tu portais la veille. »

Je levai les mains au ciel. « Vous m'avez poussée à sortir avec un type bien ici, à Bridgewater. J'en ai trouvé deux. *Et maintenant* vous me dîtes que j'en fais trop ? Vous ne pouvez pas juste être contents ?

– Ne parle pas comme ça à ta mère, mordit mon père.

– Et pourquoi pas ? Tu le fais bien, toi. »

Et voilà. J'avais fini. Je me dirigeai vers ma chambre et claquai la porte. Parler avec eux était comme me taper la tête contre le mur. C'était la première fois que je leur répondais ainsi. Et même si j'aurais aimé dire que cela faisait du bien, je me sentais mal parce que cela ne changeait rien. Ils ne changeraient pas. Dès qu'ils rentraient du travail, ils s'en prenaient l'un à l'autre, et à moi.

Je me douchai avant de dormir une bonne partie de la journée, mais je m'arrangeai pour avoir quitté la maison avant le retour de mes parents. Il était cinq heures et j'étais assise à une table au Barking Dog où Dash et Jackson m'avaient retrouvée en sortant de la clinique. Mon dieu, ça faisait des plombes que je n'avais pas été dans ce bar. Il n'avait pas changé d'un pouce. Comme tout autour de moi à Bridgewater, le bar du coin semblait défier le temps, pour le meilleur comme pour le pire.

Pas que je m'en plaigne—ce soir, son côté familier était synonyme de réconfort. Ou peut-être que je me sentais à l'aise et heureuse parce que j'avais la main de Jackson sur un genou et le bras de Dash enroulé autour de moi de l'autre et qu'ils me racontaient tous les deux leur journée. Deux chiens, un perroquet, deux moutons et une folle histoire de capture de chat sauvage. Le jukebox jouait sa musique et la bière fraîche avait bon goût.

A part le chat sauvage, une fille devrait pouvoir s'y faire.

Je soupirais en réalisant que je ne pouvais pas m'autoriser ce genre de pensées. Je ne pouvais pas me laisser distraire juste parce que pour une fois, je m'amusais à Bridgewater, malgré l'accrochage verbal avec mes parents. Une visite bien employée à baiser n'était pas synonyme d'engagement. C'était une expérience plaisante à savourer et dont il fallait profiter... avant de repartir. Sans dommage pour mon petit cœur.

Savourer et profiter. Je ris intérieurement parce que c'était loin d'être ce que je faisais en cet instant avec Dash et Jackson. Et ce n'était pas seulement plaisant. C'était à vous retourner la tête. Sauvage. Fou. Insensé.

Et pourtant j'étais toujours en vie.

Jackson devait lire dans mes pensées parce qu'il dit, « Alors Avery, tu t'envoles quand pour ta prochaine mission ? »

L'étreinte de Dash sur mon épaule se resserra mais il ne fit pas de commentaire.

« Juste après le mariage, » répondis-je en regardant ma pinte de bière. Je pris une gorgée, laissant le parfum amer se diffuser sur ma langue.

« Le Brésil, c'est ça ? » demanda Jackson.

Je hochai la tête. « La forêt amazonienne. »

Je n'avais vraiment pas envie d'en parler. Je profitais du moment, et certainement *pas* de l'avenir. Ou, de manière encore plus importante, de mon départ imminent. Pour la première fois, la perspective de prendre l'avion n'était pas des plus réjouissantes. Faire ma valise, une corvée. Les douanes. Le décalage horaire. La solitude. Je fronçais les sourcils rien que d'y penser. Je pensai au vieux Scrooge dans le roman de Dickens, si acariâtre qu'il gâchait le plaisir des fêtes de fin d'année.

Bah, assez de bêtises.

« C'est dangereux ? la voix bourrue de Dash résonnait dans mes oreilles et son étreinte ne s'était pas détendue d'un iota.

– Bien sûr que non, » dis-je en levant la tête vers lui. Je l'espérais. « Je prends toutes les précautions nécessaires. » Le ton de ma voix s'était raidi et j'avais machinalement croisé les bras.

Jackson regarda Dash par-dessus ma tête et je sentis sa poigne se détendre un peu. Sa main frotta doucement la zone qu'il avait saisie pour l'apaiser. « Désolé Avery. Je ne voulais pas me montrer aussi—

– Autoritaire ? » suggérai-je. *Comme mes parents ?*

Dash soupira. « Ouais, c'est ça. Ce n'est pas que je ne te fais pas confiance. Merde, tu es la femme la plus indépendante que je connaisse. C'est une de tes caractéristiques les plus attirantes.

– Avec tes seins, » ajouta Jackson en me faisant un clin d'œil.

Je lui souris pendant que Dash poursuivit.

« Je m'inquiète juste de ta sécurité. C'est notre rôle de te garder saine et sauve. »

Jackson grogna doucement derrière moi avant que je ne leur fasse un petit rappel.

« Je n'ai pas signé pour ça. Vous n'avez pas besoin de me protéger. » Je me retournai vers Jackson. « Et vous n'avez pas non plus besoin d'essayer de me garder dans les parages. Ma famille me le répète assez comme ça. Je décide de mon avenir. »

« Ça, nous le savons, dit rapidement Jackson, en mettant ses mains bien à plat sur la table comme s'il avait peur de me toucher. Et pardon si nous nous sommes montrés maladroits. C'est juste que—

– On sait ce qu'on veut, termina Dash. Ça fait longtemps que nous étions à la recherche de l'élue, et c'est toi ma chérie. »

Waouh. D'accord. Si je m'attendais à ça. Impossible d'ignorer ces mots. Ils avaient un effet physique sur moi, me serraient la poitrine et faisaient battre mon cœur plus fort. De si jolis mots, mais qui ne changeaient rien. Je savais ce qu'il voulait dire—à la manière de Bridgewater. Ils voulaient que je me pose. *Se poser*. Deux mots qui me faisaient reculer peu importe l'envie que j'avais d'être avec eux. Les laisser me protéger autant qu'ils le voulaient. *Être* désirée.

« Vous pensez que je devrais tout plaquer c'est ça ? Revenir ici et renoncer à tout le reste. Peut-être devenir serveuse comme Jackie. » Je ris doucement mais l'humeur n'y était pas. Ils voulaient que je renonce à une partie de moi-même. Ils ne comprenaient simplement pas. Personne ne comprenait. « Bienvenue au club. »

Jackson me prit le menton et me tourna doucement vers lui. « Ce n'est pas du tout ce que nous avons dit. Et pas d'amalgame entre nous et tes parents. »

Je le regardai en fronçant les sourcils. Il avait l'air si sincère. Me retournant pour faire face à Dash, je vis qu'il opinait de la tête. « On te l'a déjà dit. On ne te le demandera pas. Tu aimes clairement ce que tu fais et tu as notre soutien à cent pour cent.

– Nous sommes fiers de tes exploits, » ajouta Jackson, faisant un rapide de signe de la main à quelqu'un dans la pièce.

Fiers de moi et de mon métier ? Cela prit un peu de temps à mon cerveau et mon cœur pour digérer cette information. Finalement, je m'éclaircis la voix.

« Mais vous voulez que je reste, demandai-je pour clarifier. Et ça vous agace que je reparte.

– Ça nous est égal que tu voyages, dit Dash doucement en prenant une gorgée de bière. On veut juste s'assurer que tu es en sécurité. L'idée que tu puisses être en danger... » Sa voix s'estompa quand il secoua la tête, comme si cette seule pensée était déjà trop horrible pour être dite à voix haute. « Nous penserions la même chose que tu te rendes au Brésil, ou à Butte, ou même à l'épicerie du coin, surtout à cette période de l'année où les routes sont verglacées. »

Leur inquiétude sincère adoucit mes dernières défenses et je me reposai contre le torse de Dash, enroulant à nouveau son bras autour de moi avant de prendre la main de Jackson dans la mienne.

« Vous marquez un point, » dus-je admettre. Je pris beaucoup sur moi pour prononcer ces mots, mais ils avaient été honnêtes avec moi, alors c'était la moindre des choses. « J'adore mon travail, mais je n'aime pas toujours les situations dans lesquelles il me place. » Je frissonnai en repensant aux coups de feu entendus au Mexique.

Dash m'embrassa sur le dessus de la tête comme s'il me remerciait de l'avoir reconnu. « On ne te demanderait jamais de tout abandonner. Pour autant, ça ne me déplairait pas de t'accompagner à l'occasion, dans un endroit tropical pour que je puisse m'assurer que tu es bien couverte de crème solaire. Complètement couverte, ensuite je pourrais contempler tes belles marques de bronzage. »

Cela sonnait plutôt bien.

Jackson serra ma main et me fit son petit sourire

qui me rendait folle. Mon dieu, leurs sourires me rendaient dingue. Tout chez eux me rendait dingue.

« On veut juste que tu reviennes de mission pour qu'on puisse de dorloter et s'assurer que tu es en bonne santé. On veut partager nos vies avec toi. Nos métiers, les tiens. Tout.

Je le regardai pendant que Dash mordillait le côté de mon cou. Mon dieu, ça sonnait trop beau pour être vrai.

« Tant que tu rentres à la maison pour te mettre au lit entre nous, je serai un homme heureux, » admit Dash.

Il y eut un silence pendant que j'intégrais tout ça et je savais qu'ils attendaient une réponse de ma part. Mais mon attention fut captée par une silhouette familière qui dansait près du jukebox à l'autre bout du bar.

Je m'assis si rapidement que j'envoyai un coup de coude dans la poitrine de Dash, ce qui le fit grogner.

« Qu'y-a-t-il ? demanda Jackson. Quelqu'un que tu connais ? »

Je souris en voyant Jackie danser et rire. « On peut dire ça comme ça. » Je donnai un petit coup à Jackson. « Laisse-moi sortir que j'aille dire bonjour à ma sœur. »

Jackson m'aida à me relever mais resta en retrait

avec Dash. Je souris en m'avançant vers elle. Je n'avais pas eu l'occasion de la voir vu qu'elle habitait avec son fiancé. Elle était absorbée par les préparatifs du mariage tandis que je—mon esprit me rappela la manière dont les garçons m'avaient menottée et j'étouffai un petit rire. Eh bien, moi aussi j'avais été bien absorbée.

J'arrivai dans le dos de Jackie et me trouvai presque à sa hauteur quand je ralentis mes pas. Elle dansait, certes, mais pas avec son fiancé. J'avais rencontré Collin l'été dernier et il était grand, mince et blond. L'homme avec qui dansait Jackie était costaud, chauve et tenait plus du motard que du VRP. Certainement pas Collin.

Elle se retourna et m'aperçut. Ses yeux s'écartèrent et elle poussa un cri perçant qui fit se braquer sur nous tous les yeux du bar. « Oh mon dieu ! elle hurla en me sautant au cou. « Ma sœur est là !

– Salut Jackie, » dis-je en retirant ses bras de mon cou trouvant que ce gros câlin avait déjà assez duré. « Contente de te voir. »

Je regardai en direction de son motard qui s'était décalé vers le bar où il sifflait une moitié de bière sans quitter ma sœur des yeux. Ou plutôt le cul de ma sœur.

« Comment, euh… comment se passent les préparatifs ? » demandai-je.

Elle leva les yeux au ciel. « Rhoo. Ne m'en parle pas. J'aimerais que ce soit terminé. »

Euh. Ok. Ce n'était pas exactement la réponse d'une future épouse heureuse que j'attendais. Je l'aurais imaginée s'extasier sur la robe ou le gâteau ou quelque chose comme ça. Même la lune de miel.

« Tout va bien avec Collin ? » demandai-je, en regardant ostensiblement vers le type chauve accoudé au bar.

Jackie haussa les épaules. « Ouais. Ça va. Peu importe. Comme d'hab. Comme d'hab. »

Comme d'hab. Comme d'hab. ? Que c'était romantique. Elle finit par comprendre la direction de mon regard et elle passa un bras sur mes épaules en riant. « Oh, lui ? Il est de passage en ville pour quelques jours. Il ne signifie rien. » Elle se pencha vers moi pour me chuchoter à l'oreille. « Tu devrais voir la taille de sa bite. Elle est énorme ! »

Je hochai la tête. Bien sûr. Une grosse bite. Une dance lascive avec un parfait étranger quelques jours avant son propre mariage ne signifiait rien ?

Elle leva les yeux au ciel. Quand une nouvelle chanson démarra, elle commença à se trémousser au son de la musique. « Ne me regarde pas comme ça. Ce n'est pas grave. Collin s'en moquerait s'il était là. » Elle renifla et son ajouta pleine de dérision « Il ne s'en rendrait même pas compte. »

Je connaissais ce ton. Elle parlait exactement comme ma mère parlait de mon père. Mon estomac se serra. Jackie se pencha de nouveau vers moi et demanda, « Tu veux un verre ? Je vais te chercher une bière. »

Je ne répondis pas. Cette révélation venait de me frapper comme une tonne de briques. Putain de merde. Jackie devenait exactement comme mes parents. Elle épousait Collin alors qu'elle ne l'aimait même pas. Sinon, elle ne pourrait pas vivre avec lui et faire connaissance avec une grosse bite de passage.

C'était trop déprimant pour moi. Je restai de longues minutes plantée au milieu de la piste de danse à regarder ma sœur commander ma bière avant d'oublier de me l'apporter. Je la vis discuter avec le type chauve et bien que la bière soit en train de se réchauffer devant elle, elle rigolait niaisement et flirtait. Ensuite, ses mains se posèrent sur ses fesses, et le cap du flirt était déjà bien franchi.

Pauvre Collin.

Pauvre Jackie. Peut-être que ce n'était pas sa faute si nos parents nous avaient élevées avec si peu d'égard pour le mariage. Pour l'amour. Pour nous avoir élevées de cette manière-là. Après tout, j'avais grandi dans la même maison. Certes, je n'avais trompé personne—pas encore—mais j'avais passé la plus grande partie de ma vie d'adulte à courir d'une mission à une autre. Alors je ne valais peut-être pas mieux.

Peut-être que si je tombais vraiment amoureuse, je finirais comme le reste de ma famille. Froide et aigrie.

Ou indifférente. Jackie se moquait des sentiments de Collin. Elle se moquait de *lui*.

Mon dieu. J'étais comme ça. J'avais connu des coups d'un soir je m'étais enfuie. Je ne m'étais jamais souciée d'un homme au-delà de l'aurore. Même avec Dash et Jackson. Je m'étais amusée avec eux à Minneapolis avant de prendre la fuite. Sans dire au revoir. Je ne m'étais pas souciée d'eux ou de leurs sentiments.

Au fond de moi j'avais toujours su que c'était ma destinée et c'est pour cela que je fuyais l'amour. Plutôt vivre une vie sans amour toute seule plutôt que d'être prisonnière d'un mariage malheureux. Ou faire du mal à quelqu'un comme le faisaient mes parents chaque jour. Ou comme Jackie finirait par le faire à Collin une fois qu'elle porterait sa bague au doigt.

La colère me traversa rapidement et avec force ? Colère contre mes parents pour nous avoir élevées de la sorte. Colère contre Jackie pour ne pas se soucier de l'amour. Colère contre tante Louise pour son rôle d'entremetteuse dans le schéma qu'elle avait élaboré avec ses amis. Je parle des menottes.

Elle savait que le reste de ma famille était ainsi et elle devrait savoir mieux que quiconque que je n'étais pas capable d'aimer... pas de cette manière en tout cas.

Je sentis une main réconfortante sur mon épaule et une autre sur mes hanches. La sensation de ces caresses chaleureuses et intimes me fit monter les larmes aux yeux. Je clignai rapidement en jurant contre ce stupide flot d'émotions. Personne ne voulait être de celles qui pleurent dans un bar. Et je n'étais même pas ivre. Non, j'étais même trop sobre.

« Tu veux qu'on s'en aille ? » murmura Jackson dans mon oreille, assez près pour se faire entendre malgré la musique.

Le contact de sa barbe me sortit de mes pensées. Je hochai la tête. « Oui, s'il te plaît. »

Je les suivis. J'aurais dû dire au revoir à ma sœur, mais impossible de la regarder en face. Elle n'avait d'yeux que pour le chauve et de toute façon, j'allais la voir au dîner de répétition. Peut-être que d'ici là, je parviendrais à lui parler sans laisser transparaître ma déception.

Dash tint mon manteau pour que je l'enfile et ouvrit la porte arrière. Un vent glacial soufflait dans la rue et me plaqua les cheveux sur le visage. Alors que le trottoir était dégagé, des tas de neige décoraient le bord de la route.

« Tu veux rentrer ? » demanda Dash, ses traits ravissants figés dans une expression inquiète.

Je secouai la tête rapidement, l'image de mes parents en train de se disputer me fit monter les larmes instantanément. « Je ne peux pas y aller maintenant. »

Jackson me fit un petit sourire et me tapota le nez. « Il ne voulait pas dire chez tes parents, mais chez nous.

– Oh. » Je me rappelai à quel point je m'étais sentie en sécurité et heureuse dans leur lit ce matin. Et bien que je sache que c'était la pire chose à faire, je répondis, « Ouais, ça c'est une bonne idée. »

10

 ASH

J'ÉTAIS inquiet pour Avery pendant tout le trajet retour. Nous l'étions tous les deux. J'avais gardé un œil sur la route et un autre sur elle qui se blottissait entre nous deux. J'avais surpris Jackson la regarder aussi, un bras réconfortant autour d'elle.

Nous n'avions rien vu ni entendu de ce qui s'était passé entre Avery et sa sœur mais à en voir les conséquences, il était clair que ça l'avait secouée. Elle semblait distraite et jouait avec une de ses bagues, la faisant tourner en silence pendant que nous roulions en silence.

« Tu as faim ? » demanda Jackson une fois à l'intérieur.

Elle haussa les épaules et je fis de même quand il croisa mon regard.

« Je vais nous faire un en-cas. » Il se dirigea vers la cuisine et je l'entendis sortir des choses du réfrigérateur. Je la guidai vers le salon, pris du bois dans le panier et allumai la cheminée.

« C'est une belle maison, » dit-elle.

Je grattai une allumette que j'approchai du petit bois, et regardai le feu prendre.

« C'est tellement... » Elle haussa les épaules en promenant sa main le long du manteau de la cheminée et son décor de photos de famille. Elle termina finalement sa phrase. « C'est tellement chaleureux. »

Je ris, et me levai pour lui frotter la nuque. « Chaleureux, hein ? Ça ne ressemble pas vraiment à un intérieur masculin. »

Bien qu'elle y ait passé la nuit, nous ne lui avions pas beaucoup donné l'occasion de voir autre chose que le lit de Jackson.

Elle pencha la tête dans un petit rire. Le son soulagea mon anxiété. Elle ne pouvait pas se sentir aussi mal que ça si elle riait de cette manière.

« Tu es sûre que tu ne veux pas dire rustique ? Terroir, peut-être ? » la taquinai-je.

Venant de mon côté, elle enroula un bras autour de ma taille et me regarda, replaçant une mèche rebelle derrière son oreille. « Humm. Non, je reste sur chaleureux. »

Je feignis d'être offensé et elle me serra, laissant sa tête tomber sur ma poitrine d'une manière qui me rendit impatient qu'elle soit prête pour la prochaine étape. J'avais hâte de lui dire que je l'aimais et peut-être même qu'elle réponde qu'elle aussi. J'étais un homme de Bridgewater des pieds à la tête et ça me tuait de garder cela pour moi. C'était elle la femme de ma vie et j'étais tellement heureux que nous soyons tombés sur elle à l'aéroport.

« Chaleureux veut dire parfait, dit-elle. Ça ressemble à une vraie maison. »

Le bruit des bûches craquant dans la cheminée et celui du feu naissant sonnaient bien et la chaleur sur mes jambes était... chaleureuse. Surtout avec Avery dans mes bras. Peut-être que c'était chaleureux parce qu'elle était là.

Je souris en l'embrassant sur le haut de la tête. « Bien. Je suis heureux que ça te plaise vu que nous espérons que ça devienne aussi ta maison un jour. »

Elle se redressa instinctivement et je réprimai une insulte à ma propre stupidité. Je n'aurais pas dû mettre ce sujet sur le tapis, pas maintenant alors qu'elle se sentait manifestement vulnérable et peut-être même prompte à s'enfuir. Ouais, elle était de ce genre-là, c'était sûr.

Le bruit des grommellements de Jackson depuis la cuisine nous fit nous retourner. « Oublie ce qu'il a dit, » son charme intervenant au meilleur moment. Il n'avait pas de nourriture dans les mains alors j'en déduisis qu'il avait entendu notre conversation et tout lâché.

Je sentis le corps d'Avery se détendre pendant qu'il marchait vers nous en souriant. « Comme tu l'as probablement remarqué, Dash ne fait pas dans la dentelle. » Il s'arrêta juste le temps de me lancer un regard d'avertissement.

Bien reçu.

Il se tourna de nouveau vers Avery.

« De plus, ce n'est pas comme si on allait te menotter à notre lit ou quelque chose comme ça. »

Le sarcasme la fit sourire.

« Ce n'est pas ce soir que nous allons te convaincre d'être avec nous au long cours. On veut juste te montrer à quoi pourrait ressembler une vie avec nous. Une belle soirée tranquille et normale. »

Elle sortit de mon étreinte et croisa le bras sur sa

poitrine en traversant la pièce. J'aurais pu penser qu'elle regardait les photos et les bibelots si elle n'avait pas dit de son bref et petit rire. « Normal pour qui ? Rien de cette maison n'est normal dans mon monde. »

Jackson partagea la même grimace que moi.

« La soirée d'hier chez tes parents ? commença-t-elle en se retournant pour nous faire face avec les sourcils froncés. Ce n'était pas normal. » Elle commençait à s'énerver. « La famille aimante qui m'accueille à bras ouverts ? Pas normal. » Se retournant à nouveau vers nous, elle gesticula vers Jackson, vers elle-même et puis vers moi. « *Ça...* peu importe ce que c'est... ce n'est pas normal. Vous deux, vous êtes trop gentils avec moi. Vous attendez quelque chose de moi comme si... »

Nous attendîmes qu'elle finisse sa phrase mais comme elle ne bougeait plus, Jackson la relança. « Comme si quoi, ma chérie ? »

Ses yeux regardèrent les miens et je tressaillis d'y voir tant de peine.

« Comme si j'étais capable de vous le donner. »

Je m'approchai d'elle, l'enveloppant de mes bras et la serrant fort contre moi. Je ferais n'importe quoi pour ne plus voir cette expression sur son visage ou encore cette douleur dans ses yeux. « Ma chérie, tu as plus d'amour dans ton cœur que toute autre personne que je connaisse. »

Elle était toute raide contre ma poitrine mais je l'entendis renifler. Je savais qu'elle écoutait, et je savais qu'elle voulait y croire. Elle voulait être aimée, elle voulait tout ce qu'elle qualifiait d'anormal. Merde, elle voulait juste un nouveau *normal*. Et c'était à sa portée, elle n'avait qu'à tendre la main. Qu'à le choisir.

Qu'à nous choisir.

Jackson vint se placer à ses côtés et lui caressa les cheveux. « Tu n'es pas comme ta famille. *Nous* ne sommes pas comme eux. » Il rit doucement. « Putain, personne à Bridgewater n'est comme eux. Tu peux choisir de vivre une vraie relation, contrairement à tes parents. »

Elle secoua la tête contre moi et je l'entendis à peine murmurer quelque chose à propos de sa sœur qui serait comme eux. Je regardai Jackson. Ainsi c'est ça qui avait tout déclenché.

« Tu n'es pas comme ta sœur ma chérie. Je déduis que le type avec elle n'était pas son fiancé ? »

Elle hocha la tête contre ma poitrine.

Putain. Aucun doute sur leur prochaine étape après quelques verres. Je soupirai.

« Tu n'empêcheras peut-être pas ta sœur de suivre

le chemin de tes parents, mais ça ne signifie pas que tu es destinée à faire de même. »

J'adorais la tenir dans mes bras et sentir la douce chaleur de son corps, mais elle était si forte et si indépendante que j'étais partagé entre l'excitation qu'elle cherche du réconfort en nous deux et la tristesse que cela la bouleverse assez pour qu'elle l'accepte.

« Tu es destinée à bien plus que ça, » dit fermement Jackson.

Elle se redressa de nouveau, mais doucement cette fois-ci. Elle évita de nous regarder mais ne s'enfuit pas. « Qu'est-ce-que tu en sais ? » Une sincère confusion remplissait ses yeux et elle fit un pas de plus en arrière. « Je ne comprends pas. Qu'est-ce-que vous me voulez ? De ce que vous savez, je peux très bien être comme eux, blasée de toute relation affective et incapable de m'engager et— »

Je l'interrompis d'un baiser. « Tu n'es pas comme ça.

– Mais qu'est-ce-que tu en sais ? insista-t-elle. Je me suis enfuie de Minneapolis, comme Jackie ce matin avec son motard. Je n'ai jamais été vraiment en couple. Je ne saurais même pas comment. De ce que je sais, je finirai comme eux et–

– Tu sors avec quelqu'un d'autre que nous à l'instant où je te parle ? » interrompit Jackson.

Elle le dévisagea une seconde avant de hausser les yeux au ciel. « Bien sûr que non. » Ensuite, sa bouche remua comme le commencement d'un sourire. « Et quand est-ce-que j'en aurais le temps ? Je suis soit avec vous, soit occupée à dormir pour me remettre de ce que vous m'avez fait. »

Jackson sourit. « Et tu as dit que tu n'avais jamais été vraiment en couple avant, c'est ça ? »

Elle hocha la tête.

« Alors pourquoi ne serais-tu pas capable de t'engager ? » Jackson fit un pas en avant et je l'entourai de mes bras par derrière.

Je repris là où il s'était interrompu. « Être capable de s'engager n'est pas héréditaire, dis-je. C'est un choix. Tu peux choisir d'être comme eux ou d'utiliser cette expérience comme un contre-exemple de ce que tu ne veux pas dans une relation. Tu pourrais apprendre d'eux et faire des choix différents. Des choix meilleurs. De plus, il est facile de s'engager, quand c'est avec la bonne personne. »

Jackson acquiesça de la tête. Il se tenait droit devant notre femme, tenant ses joues dans ses mains. « Quand Dash et moi te regardons, nous voyons que tu as le cœur sur la main. Aucun doute pour nous que tu serais la femme la plus aimante et la plus fidèle dont deux hommes peuvent rêver. »

Je ne pus m'empêcher de rire. Me penchant en avant, je murmurai à l'oreille d'Avery, assez fort pour que Jackson puisse entendre. « Je voudrais te rappeler au passage que c'est Jackson qui a parlé de mariage et d'enfants ce soir. Pas moi. »

Elle rit doucement et j'en adorai la tonalité. « Bien noté. »

Jackson fit mine de hausser les épaules, mais je savais qu'il était aussi heureux que moi d'entendre son rire à nouveau.

Je sentis son dos se contracter et se relâcher quand elle respira profondément. « Tu penses vraiment que j'ai ce qu'il faut pour m'engager, hein ? Et tu parierais là-dessus ?

– Ma chérie, je miserais ma fortune sur toi à n'importe quel moment. »

Elle serra mon avant-bras que j'avais toujours autour de sa taille en guise de remerciement.

« C'est un choix ma chérie, ajouta Jackson. Nous espérons juste que tu choisiras d'être avec nous. »

Son silence dura si longtemps que je commençai à m'inquiéter d'y être allé un peu fort. Je n'aurais pas été surpris si elle avait répondu avoir besoin de temps pour y réfléchir. Mais à la place, sa voix basse et sexy retentit en se retournant vers nous. « Pas besoin de menottes ? »

Tout le sang de mon corps se dirigea vers ma bite.

« Pas besoin, confirmai-je. Si tu te tiens bien.

– C'est quoi ma récompense si je me tiens bien ?

– Que dirais-tu d'un plug anal plus gros et d'une bonne baise ? proposa Jackson.

– Et si je suis vilaine ? »

Elle était coquine. Plutôt que de lui répondre, je me penchai pour la jeter par-dessus mon épaule. Jackson s'écarta du passage pour ne pas se faire emporter. Elle rit durant toute la montée des marches alors que Jackson faisait mine de nous courir après. Je donnai une petite tape sur ses fesses moulées dans son jean et je sus qu'elle aimerait tout ce que nous lui ferions, qu'elle soit gentille ou vilaine.

11

 VERY

En buvant une gorgée de vin bas de gamme à la réception de mariage de ma sœur, j'aurais préféré être ailleurs, n'importe où. Au lit avec mes hommes était l'option la plus séduisante et me faisait mouiller ma petite culotte.

Oui, j'étais folle de les considérer comme *mes* hommes.

Ils étaient là, quelque part, mais j'avais dû les laisser le temps de faire ces photos de famille ridicules. J'avais dit à mes parents que je venais accompagnée de deux prétendants et aucun d'eux n'avaient eu le cœur de refuser ou d'argumenter. Ils voulaient que je sorte avec un type bien de Bridgewater, je leur en ramenai deux. Tant que je ne me couvrais pas de honte, cela n'avait pas l'air de les déranger.

Même le photographe semblait déprimé par le comportement de mes parents. Ils étaient là à se chamailler jusqu'à ce que le photographe dise « Cheese » et qu'ils se mettent à sourire pour l'objectif. Ma sœur et Collin faisaient semblant eux aussi, quoiqu'à un degré moindre. Une petite pique çà et là, des soupirs d'agacement un peu moins profonds. Et ainsi de suite.

Les frères du marié et moi étions sur les côtés, entrant dans le cadre quand le photographe nous faisait signe, mais on nous ignorait le reste du temps. Ce qui voulait dire que je n'avais qu'à me tenir là et regarder ma famille dans toute la gloire de son dysfonctionnement.

Je secouai la tête, en me souvenant de ce que les garçons avaient dit à propos de faire des choix différents de ceux de ses parents. Je n'avais pas à laisser la relation toxique de mes parents me définir. Je pouvais prendre une autre voie, respecter les hommes que j'aurai choisis. Les aimer en tant que personnes.

En tant qu'amis. En tant qu'amants, même. Je pouvais les *aimer*.

C'était un choix. Au lieu de rester là perchée sur ces talons qui me meurtrissaient les orteils et de me focaliser sur les côtés irritants de ma famille, j'essayais de mesurer la chance que j'avais.

Le gâteau de mariage s'était avéré étonnamment bon. Ma tante Louise avait été une excellente complice lors du dîner de répétition. Je n'avais pas eu le droit de venir accompagnée, sans parler d'être accompagnée de deux personnes—les réservations avaient été faites des lustres en avance —alors Dash et Jackson n'avaient pas pu me tenir compagnie. C'est ma tante qui avait endossé le rôle des garçons et joué la fonction de tampon entre ma famille et moi. Tante Louise avait été géniale et cela nous avait donné l'occasion de rattraper le temps perdu.

Bien sûr, ma tante avait passé la majeure partie du temps à essayer de me soutirer des détails sur ce qui s'était passé avec Jackson, Dash et les menottes—que j'avais refusé de partager—mais ça avait tout de même été amusant.

J'aurais payé cher pour qu'elle soit à mes côtés et me distraie lors de la séance photo. Je vis ma sœur lancer des regards langoureux à une personne à l'autre bout de la pièce, un type que je ne connaissais pas mais qui n'était certainement pas son mari. C'était son mariage pour l'amour du ciel. Qu'est-ce-qui clochait chez ces gens ?

Je pris une longue gorgée de vin en essayant de me concentrer sur le positif. Le DJ n'était pas totalement nul, jouant autre chose que la musique préférée de ma sœur, la country. Et, cerise sur le gâteau, j'avais rencontré des gens qui voulaient me parler de mon écriture.

Il semblait que Rory et Cooper de la soirée de Noël chez les Wray aient parlé de moi à de leurs amis qui possédaient un hôtel-ranch. J'avais déjà entendu parler de Hawk's Landing, mais je n'y avais jamais séjourné. Je savais où il se trouvait et c'était l'endroit rêvé pour un guet-apens. Apparemment, le pilote d'hélicoptère avait dû chanter mes louanges pace que les propriétaires, Ethan et Matt, étaient impatients de savoir comment je pourrais parler de leur ranch dans un prochain article.

Les hommes du Montana étaient grands et forts et leur duo était aussi imposant que Dash et Jackson. Leur femme Rachel, se tenait entre eux deux, et comme elle leur arrivait à l'épaule, elle les faisait paraître encore plus grands. Clairement enceinte, elle était toute mignonne dans une robe bustier en velours.

Rachel avait lancé cette idée à quelques autres dans l'industrie du tourisme—elle était gérante du ranch—et ils discutaient de créer un magazine qui serait entièrement dédié au tourisme dans le Montana. Ils semblaient tous d'accord sur le fait qu'il y aurait un marché pour ça et l'idée prit racine et commença à se développer. Même en cet instant, avec le ridicule de ma famille, je sentis cette vague d'adrénaline qui accompagne toujours la perspective d'un nouvel article. Et je n'aurais pas à aller au Brésil ou au Mexique ou même en Thaïlande. Le sujet me tombait dessus au mariage de ma sœur Jackie.

Concentre toi là-dessus, me dis-je intérieurement. Sur tous les articles que tu pourrais écrire sur l'état du Montana et ses fascinants habitants.

Mais à peine avais-je commencé à réfléchir sérieusement à cette idée qu'une guerre totale éclata entre ma mère et mon père, à tel point que les frères du marié arrivèrent en courant. Ma sœur et Collin avaient déjà pris parti, Jackie du côté de mon père et Collin du côté de ma mère. A propos de quoi ? Difficile à dire mais à en juger par le volume sonore, on aurait dit que ma mère avait accusé mon père de meurtre. Mais une fois les bribes de mots intégrées par mon cerveau, je compris qu'il était question de quantité d'alcool consommée.

Mon sang se mit à bouillir face à tant de grossièreté et j'eus tellement honte d'être de leur famille. Je luttai contre l'envie de sauter dans le tas et de mettre fin à la scène qu'ils causaient. J'aurais pu mais mes hommes étaient venus me sauver la vie. Le mariage en revanche ? Inexorablement ruiné.

« Allez viens ma chérie, dit Dash en m'entourant d'un bras autour de la taille et m'éloignant de la querelle. Ce n'est pas ton problème. »

Jackson marcha à nos côtés, son sourire me faisant déjà oublier la scène. « Tu nous as manqués ma chérie. On attendait que tu aies fini de parler boulot pour t'emmener sur la piste de danse. »

Une partie de mes tensions s'évanouit alors que mes hommes prenaient soin de moi. Je n'étais pas seule dans cette histoire. Quant à ma famille ? Ils pouvaient être malheureux sans moi.

« Je ne sais pas si j'ai encore envie de danser. » Tenant mon verre de vin presque vide, je levai un pied pour faire tourner ma cheville. « Mes pieds me font souffrir le martyr. Peut-être un verre d'abord pour atténuer la douleur et me détendre les orteils. »

Jackson se pencha vers moi et eut un sourire rusé. « Je connais un meilleur moyen de te détendre les orteils. » Lui et Dash échangèrent un regard en secouant la tête alors que nous descendions le couloir qui partait de la grande salle, pour nous éloigner de la réception.

Dash changea instantanément notre trajectoire en direction des toilettes et des vestiaires.

Jackson nous précéda, regardant furtivement autour de lui comme si nous étions des espions dans un film de cape et d'épée. Je ris tant ils étaient ridicules. « Mais où est-ce-que vous m'emmenez ? »

Jackson fit un signe de tête à Dash et l'instant d'après, j'étais jetée dans ses bras—avec l'horrible robe de demoiselle d'honneur et tout le tralala —et il me portait vers les vestiaires à manteaux. « Mais qu'est—

– Chut, » murmura Jackson.

Dash me reposa enfin et je fus pressée contre eux deux dans la pièce étriquée au milieu de rangées de manteaux à n'en plus finir. Il attrapa ma main et me poussa vers la dernière rangée, dans un coin du fond de la pièce où personne ne nous verrait. Ce n'est pas comme s'il y avait du monde aux alentours.

« Tu as manifestement besoin de te détendre, » dit Jackson, ses mains commençant à masser mes épaules et ses lèvres se posant sur mon cou. Sa barbe râpa ma peau et je frissonnai.

Le sourire de Dash était diabolique quand il se mit à genoux devant moi. Tu veux ne plus sentir tes orteils, ma chérie ? Je vais arranger ça. Mais tu dois garder le silence. Ton plaisir est un spectacle qui nous est réservé.

J'entendis le petit rire de Jackson en hoquetant d'incrédulité, alors que Dash remontait mon horrible robe en mousseline plus haut le long de mes cuisses. Ils n'allaient pas. Ils ne pouvaient—

Dash la remonta au-dessus de mes hanches en quelques secondes.

Oh si, ils pouvaient.

Le regard de Dash s'embrasa quand il vit mes bas et ma petite culotte en dentelle noire. « Tiens-moi cette robe, dit-il, ses yeux noirs rivés sur mon entrecuisse. Ne t'avise pas de la lâcher sinon tu ne jouiras pas avant de rentrer à la maison. »

Je gémis à cette idée, mais quand je pris la robe et que ses doigts parcoururent les contours du bas pour toucher cette zone sensible, il grogna.

Dieu merci, je m'étais habillée dans l'intention de me faire baiser. Ce petit épisode aurait été beaucoup moins sexy avec une gaine.

Mais le fait est que j'étais carrément excitée de le voir en costume noir, à genoux devant moi, ses grandes mains puissantes sur ma lingerie délicate. D'un geste rapide, il descendit ma culotte sur mes genoux, me faisant gémir par anticipation.

Jackson avait réussi à faire glisser le haut de ma robe sur ma taille pendant qu'il me massait les épaules et maintenant, il me caressait les seins en pinçant les tétons au même moment où Dash se penchait pour plaquer sa langue sur ma chatte.

Oh mon dieu ! Je criai avant de me mettre une main sur la bouche. J'étais du genre à crier. Ils le savaient et j'étais bien contente de la quantité de vestes et de manteaux qui allaient étouffer mes bruits.

« Un invité pourrait entrer à tout moment et nous trouver là, » dit Jackson, son souffle sur mon cou. Le seul danger que cela représentait m'emmena sur le point de jouir presque instantanément—à moins que ce ne soit la langue de Dash ses doigts redoutables.

Ma tête partit en arrière sur l'épaule de Jackson quand Dash lécha mon clitoris.

« Je vais jouir, dis-je dans un souffle.

– Bonne petite fille, » dit Jackson alors que la main libre de Dash agrippa mes fesses et m'attira un peu plus vers lui. La bouche de Dash était contre ma chatte, celle de Jackson était contre la mienne, étouffant mes cris de plaisir. Et quand Dash vint placer un doigt en moi pour trouver mon point G, Jackson musela mon cri de libération. Le parfum de mon excitation emplit l'arrière du vestiaire. J'étais en sueur et excitée, mon souffle court. Je me sentais si bien. Si satisfaite et si détendue. Ils pouvaient recommencer aussi souvent qu'ils le voulaient.

Quand j'ouvris les yeux, Dash se levait, utilisant le revers de sa main pour s'essuyer la bouche.

Je lui souris en remontant le haut de ma robe. « Tu avais raison. C'était tellement meilleur qu'un verre de vin. Je suis ivre de vos orgasmes.

– Tu peux sentir tes pieds ? » demanda Dash

Je secouai la tête.

Il me fit un clin d'œil. « Alors, j'ai fait ça bien. »

Fait ça bien ? S'il avait fait ça encore mieux, je serais inconsciente.

« Humm, » dis-je en étirant mes muscles raidis jusqu'alors mais qui étaient désormais mous et détendus. Quant à mes problèmes familiaux ? Quelle famille. « C'est exactement ce dont j'avais besoin. »

Jackson déposa un baiser sur mon épaule. « Ma chérie, nous te donnerons toujours ce dont tu as besoin.

– Mais... et vous ? » Je les regardai dans leurs costumes élégants, avec leurs cheveux bien coiffés.

La barbe de Jackson était soignée et je mourrais d'envie de me jeter sur eux et de les décoiffer. De les déshabiller et peut-être de les sucer. Ma bouche salivait déjà à cette idée.

« Une fois que je me serai enfoncé en toi, je ne

voudrais pas sortir. Plus tard. » Jackson remit sa queue en place dans son pantalon. « Reste à la réception tant que tu veux. Sache juste, ma chérie, que pour notre retour à la maison, nous avons des projets. »

Dash me regarda d'un œil sombre. « Plein de projets. »

12

 VERY

Deux jours plus tard. Je me trouvai dans ma chambre d'enfant à revivre l'épisode coquin du mariage. J'étais une femme rompue aux usages du monde, mais se faire dévorer la chatte en public dans les vestiaires pendant le mariage de ma sœur ? Ça c'était une première.

Mais ce n'avait pas été la dernière. Pendant les quarante-huit dernières heures, j'avais été baisée de plus de manières que je puisse compter, chacune plus délicieuse que la précédente. Et peut-être que Dash et Jackson avaient aussi peu envie que moi de parler de mon départ prochain parce que nous avions réussi à complétement éviter le sujet.

Jusqu'à ce matin où ils m'avaient déposée à la maison de mes parents. J'avais passé un très désagréable petit déjeuner avec eux avant qu'ils ne partent travailler, mais après l'incident au mariage de ma sœur et le fait que j'avais passé tout mon temps avec Dash et Jackson depuis cette soirée, c'était prévisible. Après leur départ, je m'étais dirigée vers ma chambre pour faire mes bagages. Je laissai pendre l'horrible robe de demoiselle d'honneur à l'arrière de ma porte. Je n'en aurais pas besoin au Brésil. Ni ailleurs. Même si je ne pourrais plus regarder la mousseline de satin vert de la même manière.

Jackson et Dash avaient proposé de me tenir compagnie pendant les préparatifs, mais j'avais décliné leur offre. Ce serait déjà assez dur de partir, à cause d'eux. Faire durer les adieux me tuerait.

Je refusais de pleurer à l'idée de quitter Bridgewater. J'étais comme ça. C'était ce que je faisais. Partir.

Et mes hommes le comprenaient. Ils n'avaient pas fait pression sur moi pour leur donner une date de retour. Ils m'avaient juste donné une nuit d'orgasmes multiples avant de me déposer sans faire de scène.

On te donnera toujours ce dont tu as besoin.

Jackson avait tellement raison. Ils m'avaient donné l'exutoire dont j'avais besoin au mariage, et depuis cette nuit, ils m'avaient donné les câlins les plus insensés dont j'avais besoin pour terminer mon séjour sur une note positive. Ainsi qu'une chatte et un cul délicieusement irrités.

Et en retour, ils n'avaient rien demandé—à part de me mettre à genoux devant eux pour les sucer ou de me pencher sur le lit pour prendre un plug anal—ni même demandé de leur promettre un engagement pour lequel je n'étais pas prête. Ils étaient presque trop beaux pour être vrais.

Mais tout cela avait tourné autour du sexe. Ouais, ils avaient d'énormes bites et ils savaient s'en servir. C'était probablement vrai qu'ils m'avaient ruinée auprès de tout autre homme. Mais cela ne tenait pas qu'au sexe. Non, c'étaient des types biens. Gentils. Drôles. Intelligents. Et bien plus encore. La liste de leurs qualités était sans fin. Leur manière de se comporter avec la famille de Jackson montrait qu'ils se respectaient mutuellement. Ils ne s'utilisaient pas, ni ne se querellaient ou se chamaillaient pour se faire du mal. Ils m'avaient montré que mes parents n'étaient pas dans la norme. Merde ils étaient si anormaux.

Tout en eux allait me manquer. Mon dieu, baiser avec ces deux-là allait me manquer. Et leurs câlins. Et les faire rire. Et me faire dorloter. Ecouter les histoires de leurs patients, peu importe que ce soit un cheval albinos ou un furet. Je n'étais pas encore partie que ma poitrine se serrait. Juste autour de mon cœur.

Je soupirai en fourrant un autre t-shirt dans mon sac. Ok, il fallait me rendre à l'évidence. Ils allaient me manquer. Point barre.

Mais j'allais revenir. Je n'avais juste pas su leur dire quand. Ils ne m'avaient pas demandé un quelconque engagement. C'était une conversation que nous pourrions avoir un autre jour... comme lors de mon prochain passage à Bridgewater.

Mon vol partait dans quelques heures à destination de Rio via Atlanta. Une fois sur place, je serais coupée de tout à la recherche des indigènes d'Amazonie. Je n'avais pas pris la peine d'acheter un billet retour parce que nul ne saurait dire combien de temps allait durer mon périple.

Les temps de transit n'étaient pas très fiables le long de l'Amazone.

Je repensais à comment je m'étais réveillée ce matin, câlinée par mes deux hommes, me sentant plus en sécurité et plus désirée que je n'aurais cru possible.

J'aurais pu m'y habituer. Je le *voulais*. Avec eux.

Alors ouais, je savais que je le voulais, mais pour combien de temps ? Etais-je vraiment prête à parler d'un avenir infini avec eux ? Qu'est-ce-que cela voulait même dire ? Vivre avec eux entre deux missions et les appeler sur la route ? D'une certaine manière, je n'imaginais pas que ce soit possible à long terme. Dash et Jackson pouvaient-ils être heureux que je me faufile d'un continent à un autre chaque semaine ? Ils disaient qu'ils pourraient s'y faire, mais je ne voulais pas les piéger dans une situation qui les rendrait tristes. Ils méritaient une femme qui saurait être là pour eux. Ils méritaient une femme dans leur lit tous les soirs. Quelqu'un qui veillerait sur eux autant qu'ils veilleraient sur elle.

C'étaient des hommes de Bridgewater, ils ne prenaient rien à la légère. Ils étaient intenses et si sûrs de leurs sentiments. Pour moi. Pour nous.

Ils méritaient de recevoir la même chose de celle avec qui ils finiraient.

Je fermai la glissière de mon sac et essayai de ne pas penser à l'inconfortable vide qui commençait à se creuser dans ma poitrine. Je m'enfuyais.

Non. Je faisais mon travail.

Je partais parce que ce n'était *que* mon travail.

Mon portable sonna, interrompant la querelle interne qui me rendait folle depuis ce matin. Tante Louise, probablement pour me dire au revoir. Et je pouvais compter sur *elle* pour me faire culpabiliser contrairement à Dash et Jackson.

« Salut tante Louise, dis-je.

— Oh, Avery ma chérie, je suis contente que tu répondes. » Au son de sa voix, elle semblait tendue et j'arrêtai de rassembler mes affaires.

« Tout va bien ? demandai-je.

— Bien, bien, » dit-elle mais elle semblait distraite. Ensuite, elle fit un sifflement et poursuivit d'une voix étouffée. « Oh, c'est ma poitrine, l'entendis-je dire. Elle est comprimée... peut-être... que c'est mon cœur. »

La panique s'empara de moi. Mon propre cœur bondit dans ma poitrine et je courus dans le couloir. « Oh mon dieu, tu veux que j'appelle les secours ? »

Sa voix était terriblement faible. « Dis-le juste à Bev. Elle sait quoi faire. »

Beverly. La mère de Jackson. Bien sûr, c'était la meilleure amie de Louise. L'adrénaline se diffusa et me mit en mouvement. « Tu es chez toi ?

— Oui, ma chérie.

— Restes-y, tante Louise. J'arrive. »

Je n'avais pas le numéro de Beverly alors j'envoyai un texto à Jackson avec des doigts tremblants tout en me dépêchant de rejoindre ma voiture de location. Je lui dis d'appeler sa mère à propos de tante Louise. Il me répondit instantanément qu'il s'en chargeait.

En chemin pour me rendre chez elle, mon esprit s'assombrit. Et si elle faisait une crise cardiaque ? Alors que mes pensées s'emballaient, j'activai le Bluetooth de la voiture et appelai mes parents et ma sœur. Personne ne répondit—ils étaient certainement au travail—alors je leur laissai des messages. Je me demandai toujours si j'aurais dû appeler les secours en me garant dans l'allée de tante Louise.

La porte n'était pas verrouillée et je me ruai à l'intérieur pour la trouver sur le canapé à siroter une tasse de thé, l'air beaucoup trop heureuse. Et en bonne santé.

« Tante Louise, tout va bien ? demandai-je dans un souffle.

– Je vais bien ma chérie. » Elle n'avait pas la pâleur maladive d'une personne ayant une attaque. Elle ne suait pas ou ne respirait pas difficilement. Ses lèvres n'étaient ni bleues ni serrées l'une contre l'autre par la douleur.

Je la regardai un moment, le temps que mon cœur reprenne un rythme normal. On dirait que c'était moi qui avais des problèmes de cœur. « Qu'est-ce-que tu m'as fait au téléphone ? Je pensais que tu faisais une crise cardiaque ! »

Elle tapota le canapé à ses côtés et je m'assis lourdement en ouvrant mon manteau et en ôtant mon bonnet. « Ça doit être une brûlure d'estomac à cause des restes de barbecue que j'ai mangés. Je n'aurais pas dû prendre ça comme petit déjeuner. Pardon de t'avoir inquiétée. »

Mais elle n'était pas désolée du tout. Je connaissais cette lueur dans ses yeux, c'était la même que j'avais vue à la fête de Noël quand elle et ses amies avaient voulu me piéger pour que j'admette sortir avec les deux garçons.

Non, elle n'aurait pas...

Pour sûr, on frappe à la porte. Et sur le perron se tenaient mes deux chevaliers dans leur armure étincelante. Ils claquèrent la porte derrière eux et se ruèrent vers nous. Dash portait sa blouse de vétérinaire et Jackson son badge nominatif épinglé à sa chemise. C'était évident qu'ils s'étaient hâtés de quitter la clinique vétérinaire pour voler au secours de Louise.

Merde, ça leur allait bien de jouer les héros. Dash se mit à genou devant tante Louise et prit son poignet pour vérifier son pouls pendant que Jackson me prit par les bras. « Que peut-on faire pour aider ?

— Laisse-moi deviner, dis-je. Ta mère vous a envoyés ici ? »

Ils me regardèrent, puis tante Louise avec un regard inquisiteur. Dash grimaça en lâchant son poignet. Jackson grogna. « Pas de douleur thoracique ? »

J'ajoutai mon regard noir aux leurs mais tante Louise nous offrit un petit sourire bien trop innocent en retour.

« Sérieusement, tante Louise ? Toi et Beverly pensiez vraiment me faire rester en feignant une urgence médicale ? »

Elle haussa les épaules. « Je n'ai rien simulé. » Tapotant sa poitrine, elle dit, « Maintenant si vous voulez bien m'excuser, je ferais mieux de prendre des antiacides pour ces brûlures d'estomac. »

Elle aurait réussi à tromper son monde une nouvelle fois avec sa petite comédie si elle ne s'était pas arrêtée en chemin pour murmurer à l'oreille de Jackson, « C'est la deuxième fois que nous devons intervenir pour vous aider. Je pense que vous pouvez vous en sortir maintenant. »

Il se prit la tête entre les mains alors qu'elle quittait la pièce. « Je n'arrive pas à croire que nous soyons tombés dans le panneau.

– Sérieusement, dit Dash en s'installant sur le canapé que tante Louise venait juste de libérer. – Mais je n'aurais jamais pensé que ta mère et ses amis iraient aussi loin. Qu'essayaient-elles de prouver au juste ? »

J'étais tout aussi agacée qu'eux, sinon plus. J'avais

certainement vieilli de dix ans dans la voiture. Mais je savais exactement ce qu'elles essayaient de prouver.

Tante Louise et ses amies voulaient que je me rende compte que Dash et Jackson seraient toujours là pour moi. Qu'ils accourraient à chaque fois que j'aurais besoin d'eux, comme je l'avais fait pour tante Louise. Ce n'était pas une question de sexe. C'était bien plus que ça. Ma gorge se noua devant tant de loyauté—à tout l'engagement que cela impliquait en retour.

Je n'avais pas réfléchi quand tante Louise avait appelé. Elle comptait pour moi, j'étais inquiète pour elle et j'avais enfreint toutes les règles, plus rien d'autre ne comptait.

« Nous sommes désolés, » dit Jackson en venant s'asseoir de l'autre côté de moi et en me serrant contre lui, son bras autour de mon épaule.

« Pourquoi êtes-vous désolés ? » demandai-je, en me penchant vers lui. C'était si bon. Grands et forts. Mon dieu qu'ils sentaient bon.

Je sus que s'il y avait eu quoi que ce soit qui clochait avec tante Louise, ils auraient été là pour moi. Et m'auraient aidée à affronter la situation.

« Vous n'avez rien fait de mal. »

Il secoua la tête. « Nous avons promis que

personne ne te pousserait à le dire. Je ne sais pas à quoi elles pensaient, mais quand j'ai—»

Je l'interrompis avec un rapide baiser. Je me surpris moi-même mais cela sonnait juste. Et bon. Je savais exactement ce qu'elles essayaient de prouver, mais je le savais déjà. Tante Louise, Mme Wray et leurs amies n'avaient pas besoin de m'ouvrir les yeux sur ces hommes merveilleux.

Je savais déjà qu'ils l'étaient.

Et plus qu'autre chose, leur petite leçon eut l'effet inverse parce qu'en cet instant précis, tout ce que je pouvais penser était que… je ne méritais pas une telle loyauté. J'avais déjà un pied dehors, sans aucune idée de quand je reviendrais, mais ils avaient quand même accouru en entendant que je pouvais avoir besoin d'eux.

Ils méritaient quelqu'un qui pourrait leur offrir la même dévotion en retour.

Et ce n'était pas moi. Je ne saurais même pas comment faire. A ce moment précis, je ne pensais qu'à fuir toutes ces attentes. Entre Dash et Jackson, ma mère, ma tante et leurs amies, je sentis un poids tentant de ma plaquer au sol. Voulant faire de moi une personne plus forte et meilleure que je n'étais. Ils voulaient que je sois comme eux, et j'allais les décevoir.

Ce ne serait peut-être pas aujourd'hui, mais j'allais changer.

Avec un sourire forcé, je haussai les épaules pour sortir de son étreinte et me levai. « Ce baiser, c'était un au revoir. Vous, hum, méritez, eh bien, tout. » Ma gorge nouée me faisait mal. « Je suis désolée de m'enfuir les garçons. J'ai un avion à prendre. Mais je vous revois bientôt, d'accord ? »

Avant qu'ils ne puissent répondre quoi que ce soit, je filai.

J'étais dehors, de retour dans ma voiture. Et je m'enfuyais une nouvelle fois. Un bref arrêt à la maison pour récupérer mon sac et j'étais libre.

Mais pour la première fois de ma vie, quitter Bridgewater n'était pas synonyme de liberté. Plutôt que de sentir mon horizon s'élargir, c'était comme si les murs se refermaient sur moi. Qu'une porte vers quelque chose de spécial se refermait et que c'était ma faute.

Trois heures plus tard, j'embarquais sur mon vol depuis l'aéroport de Bozeman et me disais qu'en arrivant à Rio, tout rentrerait dans l'ordre. Une fois sortie du Montana, je pourrais y voir clair à nouveau. Je serais redevenue moi-même.

Comme les marques de bronzage, les peines de cœur allaient s'estomper. Il le fallait.

13

ACKSON

Nous l'avions laissée partir. Putain je n'arrivais pas à croire que nous l'avions laissée partir. Dash et moi ne pouvions plus penser à autre chose que d'avoir regardé s'en aller l'amour de notre vie. Et qu'elle nous ait laissés en plan sur le canapé de sa tante.

Comme nous étions partis en urgence du bureau en disant à Chris à l'accueil d'annuler tous les rendez-vous de la journée, le resto sur la rue principale fut notre point de chute. Complètement perdus.

Il était bondé à notre arrivée mais maintenant,

seules quelques tables étaient toujours occupées et la propriétaire, Jessie, nettoyait après le coup de feu de midi. Nous n'avions nulle part d'autre où aller et je traînais devant nos parts de tarte comme si une overdose de sucre pouvait compenser ce grand vide à l'intérieur.

« On aurait mieux fait d'aller au Barking Dog, » dit Dash. Il était affalé sur la banquette en face de moi et triturait une tarte aux pommes. « C'est très bon tout ça mais un whisky serait mieux, ou plusieurs même. »

Je ris en demi-teinte, ce qui ressembla plus à un soupir. Ensuite, je prononçai les mots que je pensais depuis qu'Avery avait filé par la porte de sa tante. « Nous n'aurions pas dû la laisser partie. »

Dash garda le silence un moment et je lus la même frustration sur son visage. Il pointa sa fourchette vers moi. « Quel autre choix avions-nous ? Ce n'est pas comme si on pouvait sortir les menottes et l'attacher à notre lit pour toujours. » Son rapide sourire était triste. « Aussi attrayant que ce soit. »

Je souris à cette perspective. « Ouais, je sais. Je me sens trop mal. Peut-être qu'on aurait dû en faire plus. »

Il hocha la tête. « Nous lui avons dit ce que nous ressentions. Nous l'avons baisée toute la semaine. Elle sait à quoi s'en tenir avec nous. Elle sait à côté de quoi elle passe. Putain, à côté de quoi *on* passe. Mais ce n'était pas assez. J'aimerais tellement savoir ce qui pourrait la faire changer d'avis. »

Je regardai ma part de tarte à peine entamée, sachant au fond de moi que nous avions fait ce qu'il fallait, mais tout en haïssant cette pensée. « Nous devons garder l'espoir qu'elle revienne vers nous, je pense. »

Dash acquiesça de nouveau. « Et elle reviendra. Il le faut. »

C'était une bonne idée, en théorie. On m'avait seriné toute ma vie que l'amour soulevait des montagnes. Qu'une fois que nous aurions trouvé la femme de notre vie, tout irait bien. Mais si notre âme-sœur ne voulait pas de nous ? Et si l'idée de rester avec nous la faisait se sentir prisonnière ? Et si son âme-sœur à elle se trouvait au Brésil ?

Je savais que Dash pensait de la même manière à en juger par le regard sombre sur son visage.

Nous étions assis dans le plus triste des silences depuis si longtemps que nous étions les seuls dans les lieux, à part Jessie, et elle nous avait clairement oubliés. Ou alors elle avait lu la tristesse dans nos yeux et nous évitait. Ayant allumé la télévision sur le comptoir, elle s'assit et se servit une tasse de café en roulant des couverts dans des serviettes en papier pour former une pile.

« Si on reste trop longtemps, elle va finir par mettre la clé sous la porte. »

Dash rit dans sa barbe. « Alors on ira au Barking Dog et on les fera fermer aussi. »

Je levai ma tasse de café. « Chiche. On va noyer notre chagrin dans la tarte, puis dans le whisky. »

Avant que je puisse prendre une gorgée de mon café devenu froid, Jessie se tourna vers nous. « Hé les garçons, ce n'est pas là que votre copine est partie ? »

Elle monta le son de la chaîne d'info et Dash et moi regardèrent avec horreur le bandeau défiler en bas de l'écran. « *Brésil : une tribu indigène massacrée par des chercheurs d'or.* »

Il y avait peu de détails et des images d'archives défilaient en boucle montrant une rivière et la forêt tropicale, mais une rapide recherche sur nos smartphones nous apprit tout ce qu'il fallait.

Notre femme allait au-devant de graves ennuis. Ouais le Brésil était un immense pays, plus grand que les Etats-Unis. Ouais il y avait plein de tribus indigènes sur l'Amazone. Pour autant, Avery n'était pas en sécurité en s'y rendant et tous les instincts protecteurs de mon corps étaient déjà dans le rouge.

Mon cœur battait à tout rompre quand Dash releva les yeux de son téléphone. Je savais qu'il était d'accord avec moi mais le regard de détermination dans ses yeux sombres me le confirma. « Allons mettre notre femme en sécurité, » dit-il.

Je m'extirpai déjà de la banquette avant qu'il ait fini de parler. Dash jeta quelques billets sur la table et nous étions partis. En route vers l'aéroport, je consultai les prochains vols et nous réservai deux sièges pour Rio via Atlanta. Le dernier vol pour Atlanta était dans quatre-vingt-dix minutes et à la vitesse à laquelle Dash roulait, nous allions l'avoir.

« Qu'est-ce qu'on fait une fois sur place ? » demandai-je.

Dash secoua la tête. « Aucune idée. Je dirais que nous cherchons Avery pour nous assurer qu'elle est en sécurité.

– Et même si elle est en sécurité, elle ne rentrera pas avec nous, rappelai-je. Elle est partie déjà une fois. Elle recommencera, ailleurs. L'Islande, l'Irlande. Putain, même l'Iowa.

– Alors on reste au Brésil jusqu'à la fin de sa mission. »

Quand il me regarda à nouveau, il avait un air interrogateur. Il voulait savoir si j'étais partant. Cela impliquerait de reprogrammer quelques rendez-vous à la clinique vétérinaire, mais nous pourrions nous arranger. « Je te suis. dis-je. Nous resterons aussi longtemps qu'elle aura besoin de nous. »

Je ne pris pas la peine de pointer l'évidence. Il se pourrait qu'elle ne veuille pas de nous là-bas. Mais qu'elle veuille de nous ou pas, nous serions là pour elle. Nous serions toujours là pour elle.

AVERY

Cette escale à Atlanta était une bénédiction. Si je n'avais pas eu une si longue attente suivie d'un départ retardé pour le Brésil, je n'aurais pas vu les nouvelles. Pas avant qu'il ne soit trop tard en tout cas. Merde, je me dirigeais tout droit vers une zone de danger.

Les tueries n'avaient pas forcément eu lieu là où je me rendais... mais là encore, il était possible qu'un phénomène similaire se produise. Mes tripes me dictaient de me mettre au vert le temps que la situation se calme. Peut-être même de manière permanente. Je n'avais aucun doute que je recevrais un appel de mon patron qui me dirait de couvrir cet événement, d'investiguer les mineurs comme si c'était un fait d'actualité. Mais, j'écrivais des articles de voyage, pas d'actualité. Et certainement pas les faits divers dangereux.

Je pouvais refuser ce boulot... et après ? Je connaissais deux garçons qui seraient très heureux de me voir si je retournais dans le Montana.

Oh, mais à qui voulais-je le faire croire ? J'étais soulagée d'avoir une excuse pour retourner à Bridgewater. Mon cœur implorait de prendre le prochain vol vers l'Ouest, vers Dash et Jackson, et ma tante, et la famille accueillante de Jackson. Même mon cerveau se prenait au jeu. Pour une fois. Je me retrouvai à scruter l'écran d'affichage des vols mais sans rien y voir. J'étais trop absorbée à penser à tous les articles que je pourrais écrire à mon retour. Des histoires sûres qui n'impliqueraient pas des rebelles mexicains ni d'impitoyables chercheurs d'or.

Pas seulement à propos de Rory et Cooper et leur société de vol en hélicoptère ou à propos d'Hawk's Landing, même si ce serait un bon début. Mais j'avais un million d'idées. Bien assez pour rejoindre le projet de Rachel de lancer une revue consacrée au Montana.

Mon pouls s'accéléra à cette pensée. Lancer un nouveau magazine. Mon magazine. Partager les merveilles du Montana. Faire la promotion de mes amis. Tout ce que j'avais manqué quand j'étais partie vivre mon rêve. Pas mes parents, non. Ni ma sœur. Tout le reste à Bridgewater était formidable. Je pouvais montrer tout ça au reste du monde sans avoir besoin de partir. Je regardai en direction des portes d'embarquement, soudainement nerveuse à l'idée de prendre le prochain vol, mais pas pour le Brésil.

Vers le Montana ?

Y pensais-je sérieusement ?

Mais oui, mais oui.

L'employée derrière le comptoir me vit plantée là, regardant probablement dans le vide comme si j'étais perdue ou défoncée ou je ne sais quoi. « Madame, je peux vous aider ? »

Tirée de mes pensées, je secouai la tête. « Hum, non merci. Mon vol pour Rio est retardé, je regardai juste la nouvelle heure de départ. »

J'envisageais vraiment de retourner à Bridgewater. Pour de bon et pour la seule et bonne raison que j'en avais envie. Pour la première fois de ma vie, j'imaginais abandonner mon style de vie nomade pour un peu de stabilité.

Waouh.

Je ne me reconnaissais pas. Etait-ce vraiment moi qui voulais retourner à Bridgewater ? Y rester ? Je n'avais jamais eu envie de *rester* où que ce soit. J'avais la bougeotte. Je partais. Je m'enfuyais. J'évitais. J'avais toujours l'envie de partir si je restais trop longtemps quelque part.

Mais cela n'avait pas été le cas lors de ce dernier

séjour. Peut-être que j'avais enfin trouvé un endroit où je serais heureuse.

Quelle ironie que ce soit ma ville d'origine, ce lieu où j'avais passé la plus grande partie de ma vie à fuir comme la peste.

Mais ce voyage pour le mariage de Jackie avait été différent. Par le passé, j'étais rentrée seule. Je m'y étais sentie seule. Laissée seule ou encore rabaissée par mes parents. J'avais été la cible de leur déception ou de leur agressivité passive, mais Dash et Jackson m'avaient montré que je n'avais pas besoin de les subir. Je pouvais simplement les ignorer et profiter d'autres gens qui seraient là pour moi. Pour être mes amis. Mes amours.

J'avais rencontré Dash et Jackson à Minneapolis et connu cette incroyable nuit de folie. Je m'étais enfuie, pas eux. Ils avaient voulu faire le trajet vers Bridgewater avec moi, mais ce n'était pas mon cas. Et pourtant, ils m'avaient cherchée.

Ils me désiraient. Depuis le début. Ils avaient à peine passé du temps avec moi. S'ils n'avaient pas dû travailler, j'avais le sentiment qu'ils m'auraient gardée entre eux deux tout le temps.

Mon cœur voulait connaitre d'autres journées comme celles que nous avions partagées.

Rester ne signifierait pas se poser. Rien de ce que

Dash et Jackson proposaient ne ressemblait à se poser. Oui, je serais moins nomade, mais je n'aurais pas à renoncer à mes rêves. Je pourrais toujours partir en mission de temps en temps si je le voulais vraiment, mais je pouvais aussi trouver un nouvel exutoire pour mes compétences et mon expérience. Je n'avais pas besoin d'être tout le temps sur la route.

Je pouvais arrêter de courir et commencer à vivre, à faire ce qui me plaît tout en restant avec les gens que j'aime.

Les gens que j'aime.

Mon esprit se rappela un souvenir de Dash et Jackson dans leur lit, m'entourant de leurs petits sourires, leurs douces caresses. Leurs voix profondes, leurs étreintes rassurantes. Leurs esprits dominateurs.

Et je les aimais vraiment. Ce dont je m'étais aperçue il y a quelques temps, même si j'avais eu peur de me l'avouer.

Je les aimais. Et ils m'aimaient. Ils ne l'avaient pas dit, mais je le savais. Je le *sentais*.

Et oui, j'étais toujours paralysée par la peur. Je fixai le tableau des départs comme si les listes de vols étaient la réponse à mes questions. Des voyageurs passaient à côté de moi, tirant leurs valises à roulettes, poussant des chariots. Une annonce rappelant de veiller à ses effets personnels retentit des haut-parleurs invisibles. Le monde s'agitait autour de moi et je restai là, immobile. J'avais peut-être parcouru le monde, mais cela ne m'avait menée nulle part.

Je m'autorisai un moment pour me délecter de ce sentiment d'amour—comme une chaude couverture posée sur moi—et d'amour réciproque.

Mais pouvais-je donner à Dash et Jackson ce dont ils avaient besoin ? Ce qu'ils méritaient ? Pouvais-je être vraiment heureuse dans une vraie relation ? Pouvais-je être heureuse en vivant dans un seul et même lieu la plus grande partie de ma vie ?

J'étais essoufflée par l'excitation alors que la réponse venait de me frapper comme une tonne de briques.

Bien sûr que je le pouvais. C'était certain. Mais pouvais-je les rendre heureux ? C'était pour ça que j'étais partie. Pour le préserver de moi.

Je serrai les poings et pris une profonde respiration. Je l'espérai désespérément.

L'employée vint s'immiscer dans mes pensées une nouvelle fois. « Excusez-moi Madame ? Si vous devez arriver plus tôt à Rio, je peux vous transférer sur un vol d'une autre compagnie qui part dans une heure. »

Elle me regarda fixement en attente d'une réponse, mais aucune ne sortit.

On y était. La fourche sur mon chemin.

Je pouvais prendre ce nouveau vol ou rentrer chez moi. Je pouvais continuer de vivre mon ancienne vie comme si ma relation avec Dash et Jackson n'avait jamais existé. Je serais en sécurité émotionnellement, à défaut de l'être physiquement. Je pouvais retourner à mon univers rempli de désinvolture et d'articles de voyage.

Ou je pouvais retourner à Bridgewater, que je considérais plus comme ma maison depuis la semaine passée que je ne l'avais jamais fait en y grandissant. Je pouvais retourner vers Dash et Jackson et saisir l'opportunité d'une nouvelle vie, une de celle qui serait terrifiante par nature... mais satisfaisante. Aimante. Je me sentis sourire comme une idiote en me rappelant avoir été attachée à leur lit.

Oh, elle serait satisfaisante.

L'employée à la porte d'embarquement fronça les sourcils. « Madame ? » Elle attendait toujours, et commençait sûrement à penser que j'étais folle de prendre autant de temps à lui répondre.

Mais c'était le choix de ma vie, bordel. Une fille ne changeait pas son plan de vie en un clin d'œil.

Ou peut-être que si ?

Putain, j'avais bâti une carrière en décidant sur un coup de tête, en suivant mes instincts et mes tripes.

Eh bien, mon instinct me disait que lancer un

magazine sur le Montana serait le défi qui m'avait manqué en tant que journaliste autour du monde l'an passé. Et mon cœur ? Mon cœur me disait de rester, sans conditions. Il me disait que je devais rester si je ne voulais pas perdre Dash et Jackson pour toujours.

Et je voulais que cela dure toujours avec eux.

Je secouai la tête et lui fit un sourire radieux. « Je n'ai pas besoin d'un vol pour Rio. »

Elle cligna des yeux. « Euh… d'accord. »

Je m'avançai vers le comptoir et me penchai. « Mais j'ai besoin que vous m'aidiez à réserver un autre vol. » Je lui souris et je sus sans aucun doute qu'elle hésitait à appeler la sécurité.

« J'ai besoin que vous me trouviez un vol pour le Montana. »

14

 VERY

Le prochain vol pour Bozeman n'était pas avant le lendemain matin, évidemment. Je regardai les sièges durs autour de la porte et décidai que j'aurais plus de chance de faire une petite sieste sur le sol.

Ce n'est pas comme si j'arriverais à dormir. J'étais bien trop baignée dans un mélange d'excitation et de terreur. Oui j'avais peur. Pas des chercheurs d'or rebelles, ni des chefs de cartel mexicains. De l'amour que je ressentais pour mes hommes. Et de découvrir s'ils m'aimeraient toujours après que le les ai abandonnés. Encore une fois.

Il m'était venu à l'esprit que je pouvais appeler Dash et Jackson, leur dire que j'avais changé d'avis, mais j'étais tombée sur leur boîte vocale.

J'espérais qu'ils ne filtraient pas mes appels, mais c'était pure paranoïa. Je me mordis la lèvre, en imaginant l'expression sur leur visage quand je sonnerais à leur porte pour leur dire que je revenais pour de bon.

Je posai mon sac sur le sol et me préparai pour une longue nuit. J'avais juste ouvert un livre de poche et commencé à lire quand les portes s'ouvrirent et que les passagers arrivant d'un autre vol sortirent du tunnel.

Deux beaux gosses émergèrent de la porte comme s'ils étaient en mission.

Putain de merde, ce n'était pas possible…

Mais ils étaient là et ils passaient à côté de moi. A grand pas. Déterminés.

« Dash ? appelai-je, en me redressant. Jackson ? »

Mes hommes se retournèrent et à en juger par leurs grands yeux et leurs bouches ouvertes, ils étaient tout aussi choqués de me voir que moi.

« Avery ? dit Jackson alors qu'ils s'avançaient vers moi. Mais qu'est-ce-que tu fais là ? »

– Moi ? » demandai-je en me désignant. Qu'est-ce-que *vous* faîtes là ? »

Dash m'attira dans ses bras avant de répondre, son étreinte si serrée que je pouvais sentir toute l'inquiétude qu'il contenait jusque-là. « Nous avons vu les infos et nous étions inquiets pour toi, ma chérie, dit-il, sa bouche près de mon oreille. Nous étions en chemin pour nous assurer que tout allait bien. »

Je reculai pour voir leurs visages. Leur inquiétude, leur amour... c'était si puissant. Ma gorge se ferma alors que des larmes commencèrent à couler sur mon visage. Ces types qui étaient nés et avaient grandi à Bridgewater avaient quitté leur maison, leur travail... leurs vies... juste pour s'assurer que j'allais bien.

Moi. La femme qui s'était enfuie sans dire au revoir, sans parler d'une quelconque promesse de retour.

Jackson remarqua les larmes dans mes yeux parce qu'il s'approcha, son bras s'enroulant autour de mes épaules. « Tout va bien ma chérie ? »

Comme je ne répondis pas immédiatement, Dash demanda, « Qu'y-a-t-il ? Que s'est-il passé ? »

Je secouai la tête. « Rien, c'est juste... » Oh et merde, je pleurais maintenant. « Je suis si heureuse de vous voir. »

Ils se regardèrent pendant une seconde avant de

m'attirer vers eux pour un câlin qui me laissa le souffle coupé.

Quand ils relâchèrent enfin leur étreinte, Jackson prit mon visage entre ses mains. « Qu'est-ce-que tu fais à la porte ? Que s'est-il passé avec le vol pour Rio ? »

Avant que je ne puisse répondre, Dash demanda, « Le vol a été annulé ? »

Je secouai la tête. « Retardé, mais je ne suis pas montée dedans. » Face à leur expression confuse, j'ajoutai. « J'ai annulé mon voyage à Rio. »

Dash laissa tomber sa tête en soupirant. Je sentis toute la tension accumulée quitter son corps. « Merci mon dieu. »

Jackson lui lança un regard d'avertissement. « Pas que nous t'aurions jugée si tu avais choisi de poursuivre ton voyage. Nous étions juste inquiets. »

Je souris, chassai les larmes de mon visage avec mes doigts. « Je sais. Je comprends. » Et c'était le cas. Avec ces garçons, il ne s'agissait pas de contrôler ma vie. Ils ne dénigraient pas ma carrière ni ne rabaissaient mes décisions. Mais ils étaient inquiets parce que je comptais pour eux. La partie la plus incroyable étant qu'ils m'aimaient assez pour me laisser faire mes propres choix alors même qu'ils étaient inquiets au point de prendre un avion pour me courir après.

« Tu as choisi une autre destination à la place ? » demanda Jackson.

Un sourire s'accrochait à mon visage alors que j'acquiesçai.

Ils étaient tout ouïe, s'attendant certainement à ce que je leur balance une nouvelle destination exotique.

« C'est pour une mission longue durée, » dis-je en feignant un air sérieux, bien que tout en moi n'aspirait qu'à bondir de joie.

« Ah ouais, et on peut savoir où ? » demanda Dash. Son ton était maîtrisé, comme s'il attendait ma réponse avant de décider si cela lui plairait ou pas.

Je me mordis la lèvre. « C'est un petite ville appelée Bridgewater, dans le Montana. » Je regardai successivement Dash et Jackson, absorbant chaque détail de leur stupéfaction et de leur excitation naissante. « Ça vous dit quelque chose ? »

A PEINE ARRIVÉE à l'intérieur de la chambre d'hôtel, j'étais déjà plaquée contre la porte. La chambre était différente, mais tout le reste était identique. J'étais impatiente d'être avec Dash et Jackson. J'avais envie de tout ce que la nuit pourrait apporter. Cette fois-ci, ce n'était pas que pour un soir. C'était pour toujours.

C'est Dash qui écrasait sa grosse queue contre moi alors que Jackson jetait nos sacs sur le canapé.

Après avoir clairement expliqué que j'avais réservé un siège sur le vol du lendemain, mes hommes avaient acheté des billets sur le même avion et réservé une chambre d'hôtel.

J'avais à peine réussi à attendre que nous soyons dans la chambre pour me jeter sur eux et les sentir contre moi. Maintenant que ma décision était prise, je devais la rendre officielle.

Je voulais leur montrer comment je me sentais, ce que je voulais. Mais ils méritaient aussi d'entendre ces mots.

« Tu es sûre de toi ? » demanda Dash en empoignant mes fesses pour me déplacer de la porte pour que nous trois puissions rejoindre le lit king-size.

« Bien sûr, dis-je, » Ils planaient tous les deux au-dessus de moi, chacun d'un côté.

C'était le moment ou jamais. En m'avançant, je mis une main sur leurs torses, absorbant leur chaleur tout en rassemblant le courage nécessaire pour dire à voix haute ce que je pensais depuis quelques jours... peut-être même depuis le moment où je les avais vus à la porte d'embarquement de Minneapolis.

« Je vous aime, » dis-je, émerveillée par le changement instantané que je voyais en eux.

Leurs yeux s'assombrirent, remplis d'intensité, c'en était presque insoutenable. Je n'aurais jamais imaginé que je pouvais être autant aimée par un homme, sans parler de deux.

« Moi aussi je t'aime ma chérie, dit Jackson en se penchant pour embrasser mon épaule.

– Je t'aime. Tu es tout pour nous, dit Dash en me caressant la joue. Peut-être que nous aurions dû te le dire avant. Parce que te demander de rester, pour être avec nous n'était pas ce que tu avais besoin d'entendre. »

Je sentis leurs cœurs battre sous mes paumes. « Je pense que tu as raison. C'est tout ce qui compte. Vous êtes tout pour moi également. Je veux dire... Je veux que vous le soyez. » Oh merde, j'allais tout faire foirer.

« Qu'est-ce-que tu dis ma chérie ? demanda Dash.

– Ce que je veux dire... » Je pris une grande inspiration pour calmer mes nerfs. « Je ne reviens pas vers vous jusqu'à ma prochaine mission. »

L'air devint chaud et humide entre nous trois alors qu'ils attendaient que je poursuive. Je déglutis pour chasser mes derniers doutes. « Je veux dire, je partirai peut-être occasionnellement en mission. Vous voyez, si c'est un sujet très intéressant que je ne peux pas refuser ou— »

Jackson me prit la main et interrompit mes

bégaiements en embrassant ma main. « Qu'est-ce-que tu veux ?

– Je veux être avec vous les gars, soufflai-je. A long terme. »

Leurs sourires étaient doux et sexy à la fois. « Ouais ? » demanda Dash, dont les grands yeux noirs brillaient.

J'acquiesçai. « Ouais ?

– Tu en es sûre ? demanda Jackson.

– Je n'ai jamais été aussi sûre de quoi que ce soit. » Je leur expliquai brièvement ce que j'avais décidé à propos du magazine de voyage sur le Montana dont Rachel avait eu l'idée. « Ce serait une aventure pour moi, » dis-je. Dans un haussement d'épaule, j'ajoutai. « Ce ne sera peut-être pas le même genre d'aventures auxquelles je suis habituée mais ça— » Je fis de grands gestes nous désignant tous les trois. « —c'est tout nouveau et carrément excitant. »

Ils sourirent en me regardant. « Putain que oui, » dit Jackson.

Je leur souris en retour. « Alors, vous voyez. Je vivrai toujours des aventures, mais des aventures d'un autre genre. » Je caressai leurs visages, émerveillée à l'idée que ces hommes étaient à moi. Que j'étais à eux. « Avec vous. »

15

 VERY

Dash se pencha pour m'embrasser. Douceur et gentillesse.

Jackson fit de même.

Je sentis leurs baisers jusque dans mes orteils.

« Il va falloir vous y faire. Je suis une toute nouvelle personne. C'est nouveau pour moi, d'aimer, de faire confiance et d'appartenir à une famille... » Je me dégageai en haussant les épaules. « Mais s'il y a bien quelqu'un qui peut me montrer comment, c'est bien vous deux.

– Ma chérie, nous t'accompagnerons à chaque

étape, » dit Dash. Sa voix venait de prendre ce ton incroyablement sexy qui me faisait mouiller à coup sûr dès que je l'entendais. Il avait dû sentir mon souffle se couper parce que ses mains se déplacèrent, caressant la taille de mon jean avant de s'aventurer plus bas.

Jackson sourit en penchant la tête, mettant de côté le tissu de mon t-shirt afin de pouvoir embrasser la ligne de mon épaule. « Notre avion ne décolle pas avant demain matin. Une petite idée de ce que nous pourrions faire pour tuer le temps ? »

Je souris. « J'en ai quelques-unes.

– A-t-on besoin de menottes pour t'empêcher de t'enfuir cette fois ?

– Pas cette fois.

– Bonne petite fille, dit Dash, en me taquinant avant de me jeter sur le lit. Nous avions parlé de te prendre ensemble prochainement. Je crois que c'est le moment, et toi ? »

Je me redressai sur mes coudes, regardai Dash assis sur le bord du lit et Jackson qui se profilait, les bras croisés. Ils portaient les mêmes vêtements que ce matin quand ils avaient accouru chez tante Louise, sans leurs attributs vétérinaires.

L'idée de les baiser tous les deux en même temps me fit me tortiller. Nous en avions parlé. Non, ils avaient murmuré des sombres promesses dans le noir en me prenant mais bien qu'ils aient mis toutes les tailles de plug dans mon cul, ils n'avaient pas été jusqu'au bout. Jackson m'avait prise par derrière une fois, mais j'avais sucé la queue de Dash pendant ce temps. Je ne les avais pas eus tous les deux, un dans ma chatte, un dans mon cul.

J'étais contente que ce soit ainsi. L'acte lui-même était intense et quelque chose que je voulais partager avec eux maintenant que je savais que j'allais rester.

« Oui, dis-je. C'est le bon moment.

– Alors déshabille-toi chérie. »

Je grimpai sur le lit et me débarrassai rapidement de mes vêtements. Pas le temps d'un strip-tease en règle. Les garçons semblaient penser comme moi parce qu'ils arrachaient les leurs en même temps. En quelques secondes, ils formèrent une grande pile sur le sol et nous étions nus. Leurs deux bites étaient déjà raides et pointaient vers moi.

Je regardai vers eux, sans savoir sur lequel des deux bondir. Mais quand Jackson me fit signe d'approcher en souriant, la décision fut prise.

Je m'avançai vers lui et il enroula ses mains autour de ma nuque, balaya mes cheveux pour que je relève le menton et m'embrassa. Un souffle saccadé fut étouffé par sa langue quand elle rencontra la mienne. Pour me conquérir.

Dash se déplaça en-dessous de moi et je sentis la chaleur de sa poitrine contre mon dos, ses mains glissant le long de mes bras. Ses lèvres se déplacèrent le long de mon dos et je l'entendis se mettre à genoux

Il pétrit mon cul avant de l'embrasser, le mordillant avec ses dents.

« J'aime ce cul, murmura-t-il, en lui donnant une petite fessée.

– Merde. »

J'entendis le juron étouffé et Jackson releva la tête. Je regardai par-dessus mon épaule pour voir Dash, qui était chaud comme la braise à genoux.

« On n'a pas de lubrifiant et on ne peut pas te prendre sans ça. »

Je faillis faire la moue parce qu'à chaque fois qu'ils m'avaient mis un plug anal, j'avais adoré ça. Mais le lubrifiant était un incontournable. J'avais une idée de ce que cela pourrait être de les avoir tous les deux en moi. Je voulais qu'ils remplissent chacun de ces trous. Qu'ils les écartent et que nous soyons connectés tous les trois.

« J'en ai, » dit Jackson.

Dash se rassit alors que Jackson partit en direction de son sac. Impossible de ne pas profiter de cette vue imprenable sur son dos musclé et ses jambes puissantes.

« Tu as apporté du lubrifiant en bagage cabine ? » demanda Dash.

Il sortit la petite bouteille de son sac et se retourna en la tenant entre ses doigts. Et oui. « Quand on est passés chercher des vêtements, j'ai pris ça au passage. Je ne pensais pas qu'ils en auraient en Amazonie et j'avais bien envie que nous puissions te prendre tous les deux. » Jackson avait commencé ses explications en regardant vers Dash, mais à la fin, son regard de braise était rivé sur moi.

Dash secoua la tête, comme s'il n'y croyait pas. « Quelle bonne idée. »

Il attrapa mes hanches, me retourna avant de me pousser vers l'arrière de sorte que je sois assise sur le lit. Dash s'approcha, et me poussa sur le dos.

Tout se passait si vite que je ris au moment où il me souleva les jambes par-dessus ses épaules, poussant mes hanches contre le bord du matelas. « J'ai besoin de te goûter ma chérie. De sentir ta chatte douce comme le miel sur ma langue. Tu vas jouir en premier, pour te faire bien mouiller et t'ouvrir à nos deux bites. Après quoi, on te prendra tous les deux. »

Quand il m'écarta de ses pouces et approcha sa

tête avant que je ne puisse dire quoi que ce soit, je mis une main sur ma nuque et gémis en guise de réponse.

Il ne se relâcha pas, me léchant, me caressant, me léchant encore et me baisant avec ses doigts jusqu'à ce que je me débatte, et supplie, et gémisse, et finisse par jouir sur son visage.

C'est alors enfin qu'il se leva et je clignai des yeux tandis qu'il essuyait sa bouche luisante du revers de sa main. « Va voir si elle est prête, dit-il à Jackson.

– Avec joie. »

Plaçant une main sur le lit à côté, Jackson surgit au-dessus de moi, souriant, alors que ses doigts trouvèrent ma chatte et la caressèrent. Cela me fit haleter tant j'étais sensible.

« Trempée. Gonflée. Sensible. » Ses mots étaient sombres et crus, sa bite pointait droit vers moi. Je vis une goutte de petit-jus sur la pointe et je me léchai les lèvres.

« A moi, dis-je. Je vous veux dans ma bouche. »

Jackson secoua la tête. « Pas cette fois-ci ma chérie. Plus tard. Nous avons toute la nuit et tu peux me sucer aussi souvent que tu veux. Mais maintenant nous allons te conquérir.

– C'est exact, » ajouta Dash, s'approchant du lit pour qu'en le regardant, je puisse voir ses jambes puissantes et sa queue bien raide. Jackson m'empêchait de voir le reste de son corps. « Pas de changement d'avis. Nous te prenons ensemble. Après tu nous appartiendras. »

Le regard de Jackson confortait le sérieux des mots de Dash. Ils me désiraient, mais je ne me lancerais pas dans une telle pratique sans un engagement. Cela semblait étrange, mais logique à la fois. Ce n'était pas juste une double pénétration. Cela impliquait de la confiance. De la soumission. De l'amour.

Cela prouvait tout.

« Je comprends. »

Jackson repoussa le matelas et se plaça debout à côté de Dash.

« On t'aime ma chérie. Tu as confiance en nous ? »

Je hochai la tête, mes cheveux glissant sur le couvre-lit.

« Je sais que tu prends la pilule, mais nous fais-tu confiance quand on te dit que nous sommes clean ? demanda Dash. J'ai envie de te prendre sans rien.

– On a les papiers à la maison, mais ce n'est pas quelque chose que j'ai pensé à apporter, ajouta Jackson.

– Je n'ai jamais baisé sans protection avant, avoua Dash. Seulement avec toi. »

Jackson approuva d'un mouvement de tête. L'idée qu'ils me baisent sans capote, de sentir leurs bites glisser à l'intérieur de moi m'excitait. Ils me rempliraient de leur sperme. Un jour peut-être, sans pilule, nous formerions une famille. Pas ce soir, pas maintenant, mais un jour.

L'idée était effrayante pour l'instant.

Je m'assis et pris la main de Dash qui était la plus proche. « Oui. Je veux vous sentir tous les deux. »

Ils se mirent en mouvement, Jackson envoyant promener les coussins décoratifs sur le sol, arrachant les draps et la couverture avant de s'effondrer au centre du lit. Dash me redressa et m'embrassa.

Quand il se retira enfin de mes lèvres, il caressa ma joue de ses doigts. Je sentis la pression insistante de sa queue contre mon ventre, la sensation humide de son petit-jus. Il pencha la tête sur le côté. « Monte. »

Je regardai Jackson, les mains sous sa tête, sa bite pointant vers le plafond. Je ne pus m'empêcher de rire en posant un genou sur le lit et en me dirigeant vers lui. « Tu es sûr que je ne peux pas te sucer ? »

Jackson avança les bras et mis ses mains sur mes hanches. « Femme, monte sur ma bite avant que je ne te donne une fessée. »

Son sourire était à l'opposé de ses sombres commandements.

« Oui, Monsieur. »

Il grogna en réponse et prit le relais, me levant

avant de me faire descendre sur lui. J'étais empalée. Jusqu'à la garde. Je pris une seconde pour m'ajuster, mes mains se posant sur son torse.

« Waouh, dis-je.

– Douce et mouillée. Merde, serrée aussi, » grogna-t-il.

J'entendis le capuchon du lubrifiant et vis Dash en enduire généreusement sa bite jusqu'à ce qu'elle brille dans la pâle lumière de la chambre. « Chevauche-le, ma chérie, et je te prendrai quand tu seras prête. »

Je me redressai, et me laissai tomber, les yeux clos. « Je suis prête, dis-je dans un souffle.

– Pas encore, mais tu le seras bientôt. »

Je commençai à bouger, me penchant pour embrasser Jackson en ondulant des hanches en des mouvements circulaires, de haut en bas.

Le poids de Dash fit pencher le lit et je le sentis derrière moi. Une large main se posa sur mon dos et l'autre entre mes fesses écartées alors qu'il appuya un doigt luisant contre moi. Il appliqua le lubrifiant autour de mon cul, puis à l'intérieur pendant que je haletais. C'était quelque chose qu'ils avaient déjà fait auparavant, même lors de cette première nuit à Minneapolis, mais c'était pour jouer. Là, c'était pour me préparer.

Jackson était tendu en-dessous de moi, remontant

ses hanches vers moi, ses mains sur mes cuisses pendant que Dash s'affairait.

Je respirai difficilement, la combinaison de leurs attentions était intense.

« Prête ? » demanda Dash.

Jackson écarta ses jambes un peu plus alors que Dash s'installa derrière moi.

« Embrasse-moi ma chérie, » Jackson m'attira vers lui pour que je sois allongée sur lui, mes fesses décollant dans les airs, ouvertes pour Dash.

Ce ne fut pas les doigts de Dash que je sentis ensuite, mais la pointe de sa grosse queue. Elle était luisante, mais insistante, bien plus large que ses doigts ou tout autre plug avec lesquels ils avaient joué. Jackson avait déjà fait ça et je savais à quoi m'attendre, mais pour autant, ce n'était pas facile, surtout avec la bite de Jackson dans ma chatte. C'était vraiment très serré.

« Respire, ma chérie. Voilà. Bonne petite fille. Viens en arrière, oui, comme ça. Laisse-moi entrer. Oh putain, tu es si étroite. Juste la pointe maintenant. Bien. Respire. »

Oh mon dieu, j'étais remplie à ras-bord. Et Dash n'était même pas rentré en entier. Je respirai, arquant mon dos mais c'était là mon ultime soumission. Je ne pouvais plus bouger. Tout ce que je pouvais encore faire ? Ressentir.

Et quand ils se mirent à l'œuvre, entrant et sortant dans des mouvements opposés, je lâchai prise. Je leur donnai tout. A leurs souffles courts, leurs corps durcis, la fine pellicule de sueur sur leur peau. La pression de leurs doigts. Les à-coups profonds de leurs grosses queues.

C'était trop. Mes sens étaient saturés, mon corps disjonctait.

J'agrippai les bras de Jackson en jouissant. « Oh ! Oui. Oh mon dieu, c'est... waouh, je ne

peux—»

J'étais incohérente, devenue un amas de nerfs, de feu et de chaleur et j'étais attisée par mon homme. Mes hommes.

Les miens.

Et je leur appartenais. Complètement. Totalement. Irrémédiablement

Jackson s'enfonça plus fort, grogna et je sentis la sensation de sa queue nue gonfler avant de battre et de me remplir de son sperme. Dash suivit immédiatement après lui. « Tu nous serres si fort. Putain. C'est si bon. »

Je sentis la chaleur de son sperme au plus profond de moi.

J'étais une fleur fanée en m'effondrant sur la poitrine de Jackson, entendant les coups sourds de son cœur.

Dash se retira avec précaution et je sifflai, un peu irritée maintenant que le plaisir s'estompait. Son sperme s'écoulait de moi alors qu'il se laissa tomber à côté de Jackson sur le lit.

« Quand mes jambes voudront bien fonctionner de nouveau, nous t'emmènerons sous la douche pour te nettoyer. »

Je souris contre la poitrine de Jackson, mais il me déplaça pour m'installer entre eux deux.

« Je suis heureuse ici entre vous. Toujours.

– C'est exact ma chérie. Tu nous appartiens désormais.

– Je vous aime, » dis-je.

Ils se redressèrent sur leurs coudes de part et d'autre de moi et me regardèrent en souriant.

« Ah, Avery. Ce sont les mots les plus doux que j'aie jamais entendus.

– Rien de plus beau, ajouta Jackson. Demain, nous te ramènerons à la maison. »

Je secouai la tête et ils foncèrent les sourcils. « Que ce soit une chambre d'hôtel ou un vestiaire. Je me sens à la maison partout. Tant que je suis entre vous deux. Comme ça. »

Lisez Cowboys & baisers ensuite de la série Les cowboys du ranch Lenox!

Chance sait exactement ce dont Rose a besoin… et il va le lui donner.

Rose Lenox s'est toujours sentie plus à l'aise à dos de cheval qu'avec des rubans et des petits nœuds dans les cheveux. Pendant des années, elle s'est contentée de travailler dans le ranch familial, mais récemment, elle s'est surprise à rêver d'ailleurs. Elle est déterminée à voler de ses propres ailes et à s'échapper de sa famille peu orthodoxe.

Chance Goodman a vu Rose grandir : d'une petite boule de feu à la femme passionnée qu'elle est devenue, il la désire depuis des années, attendant patiemment qu'elle lui appartienne. Quand elle quitte le ranch Lenox, prête à abandonner sa vie d'avant et lui dire au revoir, il sait que le moment est venu de la conquérir. Pas question de la laisser partir.

Lisez Cowboys & baisers ensuite de la série Les cowboys du ranch Lenox!

CONTENU SUPPLÉMENTAIRE

Devinez quoi ? Voici un petit bonus rien que pour vous. Inscrivez-vous à ma liste de diffusion; un bonus spécial réservé à mes abonnés. En vous inscrivant, vous serez aussi informée dès la sortie de mes prochains romans (et vous recevrez un livre en cadeau... waouh !)

Comme toujours... merci d'apprécier mes livres.

https://vanessavaleauthor.com/bulletin-francais/

OBTENEZ UN LIVRE GRATUIT !

Abonnez-vous à ma liste de diffusion pour être le premier à connaître les nouveautés, les livres gratuits, les promotions et autres informations de l'auteur.

livresromance.com

TOUS LES LIVRES DE VANESSA VALE EN FRANÇAIS:

https://vanessavalelivres.com

À PROPOS DE L'AUTEUR

Auteure à succès reconnue par USA Today, Vanessa Vale écrit des histoires d'amour exaltantes avec des bad boys qui ne se contentent pas de succomber à la tentation de l'amour : ils tombent follement amoureux. Elle a écrit plus de 75 livres qui se sont vendus à plus d'un million d'exemplaires. Elle vit dans l'Ouest américain où elle trouve toujours l'inspiration pour sa prochaine histoire. Bien qu'elle ne se débrouille pas aussi bien que ses enfants sur les réseaux sociaux, elle adore échanger avec ses lecteurs.

https://vanessavaleauthor.com

facebook.com/vanessavaleauthor
instagram.com/vanessa_vale_author
bookbub.com/profile/vanessa-vale
tiktok.com/@vanessavaleauthor

www.ingramcontent.com/pod-product-compliance
Lightning Source LLC
LaVergne TN
LVHW011824060526
838200LV00053B/3897

9781795900874